Midwinter Chroniken

WIDMUNG

Gewidmet den bösen Charakteren zahlreicher Fantasy-Welten, die taten, was sie mussten. Denn ohne sie gäbe es keine Geschichten von Gut und Böse, Licht und Dunkelheit. Und ohne sie wäre das Chaos ein reines Chaos, ohne als Dunkle Armee Schatten zu verbreiten.

ÜBER DEN AUTOR

Oliver Szymanski wurde in Dorsten in Nordrhein-Westfalen geboren. Parallel zum Abitur arbeitete er bereits als Selbstständiger im IT-Bereich. Er hat seinen Wehrdienst in einem Nato-Fernmelderegiment geleistet. Begleitend zu seiner Tätigkeit als IT-Berater studierte er Informatik an der technischen Universität Dortmund. Er ist als Dipl. Informatiker für Unternehmen als Berater, Trainer und Software-Architekt tätig. Privat skatet und snowboarded er gern, mag Kinogänge und Rollenspiele. Bereits seit dem zwölften Lebensjahr schreibt er Geschichten in seiner Freizeit, die zwar in sich abgeschlossen sind, aber bedeutsame Facetten eines eigenen Universums widerspiegeln. Über die Jahre hinweg ist er dazu übergegangen, statt der anfänglichen Kurzgeschichten vollständige Romane zu verfassen.

OLIVER SZYMANSKI

MIDWINTER CHRONIKEN

DIE ELFEN DER SHA'ANAAR

Bibliografische Information Der Deutschen Bibliothek:
Die Deutsche Bibliothek verzeichnet diese Publikation in der
Deutschen Nationalbibliografie; detaillierte bibliografische
Daten sind im Internet über <http://dnb.ddb.de> abrufbar.

Die vorliegende Geschichte ist rein fiktiv. Jede Nennung von realen Personen ist rein zufällig.

© 2010 Oliver Szymanski
Umschlaggestaltung: Oliver Szymanski
Herstellung und Verlag: Books on Demand GmbH, Norderstedt
ISBN-13: 978-3839180402

Mehr zum Roman im Internet: <http://www.naciron.de>
Und auch unter: <http://www.oliver-szymanski.de>

DANKSAGUNG

Ich danke
dem Schmerz
und der Heiterkeit,

Freud und Leid.
Denn diese Diversität
lässt das Leben erstrahlen.

Und ich danke Euch.
Gebt mir Nachricht,
wenn Ihr mehr von
Kaylon wissen möchtet.

(mail@oliver-szymanski.de)

Und Danke
Elisabeth
für die Inspiration und
das aufmerksame Lauschen
und Miriam & Patrick
für Eure lieben Korrekturen.

PROLOG

Er vernahm das laute Schlagen seines Herzens. Er vernahm die kreischende Menschenmenge um ihn herum. Ebenso vernahm er das Pochen der Zwergenäxte auf den hölzernen Tribünen, sowie das eher zurückhaltende Klatschen der Elfen. All das vernahm er. Aber nicht den Schmerz.

Er blutete. Überall an seinem Körper. Seine Kleidung aus billigstem Leder war überall zerrissen. Der Staub der Arena legte sich in seine tiefen Wunden. In seiner Nase und Kehle erschwerte der Sand das Atmen. Sein Körper hielt sich nur schwer aufrecht.

Doch noch stand er hier, inmitten der Arena von Zul'Sadam und ließ alles geschehen. Der Säbel seines Gegners schlug in sein Fleisch, und der Morgenstern, zu dem der feindliche Krieger jetzt wechselte, ließ Böses erahnen. Die Menge grölte.

Er atmete ein weiteres Mal tief ein, und sandige Luft füllte die Lungen des schwer verwundeten Mannes. Er sah den Morgenstern, dessen Kugel an der Kette auf seinen Kopf zuflog. Die Wucht des Aufpralls schleuderte ihn zu Boden, die Zacken hatten sich unter die nicht schützende Schicht seines schwarzen kurzen Haares gebohrt. Eventuell hatte seine Schädeldecke einen Riss abbekommen.

Während sein Gegner sich von der Menge triumphal bejohlen ließ, raffte er sich auf. Sand verschmierte sich mit dem Blut, das vom Kopf zu den Bartstoppeln hinunterlief. Er stand wieder, wenn auch auf sehr wackligen Beinen. Er sah auf den von seinem eigenen Blut besudelten Morgenstern, der in den heißen Sonnenstrahlen hin und herschwenkte, während sich sein Gegner nacheinander zu allen Seiten des Publikums verbeugte. Der Mann wartete. Er fühlte die Hitze der Sonne auf seiner Haut, die so viel Zeit in reiner Dunkelheit verbracht hatte. Den Schmerz fühlte er nicht. Er wusste von den Augen seiner Meisterin, die ihn betrachteten. Er wartete, bis sein Gegner sich genug in der Begeisterung des Publikums gesonnt hatte. Er wartete darauf, getötet zu werden.

MARKT VON SOHO

Der Markt von Soho war bekannt für seine Vielfalt. Hier gab es elfisches Material, Zwergenressourcen und alles Normale und Exotische der Menschenwelt.

»Werter Herr, hierher, hier gibt es das allerfeinste Zwergenfleisch!«

Der angesprochene Mann winkte ab.

»Das beste auf dem Markt! Am Spieß oder mit Brot umbacken, je nach Wunsch!«

Der potentielle Kunde brummte »Nein, ich bevorzuge sie lebend« und lief weiter. Er hatte ein Raabfeld und darunter gab es, wie so häufig, ein Quistumnest. Er suchte auf dem Markt von Soho immer wieder nach Zwergen, die an seinen Tunneln unter dem Feld arbeiteten und diese Biester jagten. Quistume waren gefährliche Tiere, die ihr Revier aufs Äußerste verteidigten. Allmählich wurde das Goldbudget des Raabfeldbesitzers für Zwerge knapp.

»Vielleicht ein schöner Schinken vom Steppenelf? Für die Ehefrau?«, gab der Verkäufer nicht auf. Der Markt von Soho war nicht nur bekannt, sondern berühmt für seine Vielfalt.

Der Verkäufer verstummte aber schnell wieder, als eine Zenturie von Elfenkriegern heran marschiert kam. Er hatte einmal versehentlich einem Elfen den Schinken angeboten. Die Antwort »Sehe ich aus wie ein Kannibale« war dicht gefolgt gewesen von einem fürchterlichen Schlag, der dem Verkäufer damals die Nase gebrochen hatte. In einer Stadt der Vielfalt, wie es Soho war, musste man flexibel sein. Er tauschte das Fleisch mit dem Blumensud und bat diesen dem weiblichen Hauptmann der Zenturie an, der Lanze, wie die offizielle Bezeichnung in der Zenturie war.

Doch die Zenturie hatte es eilig. Esanielle Vi'landor überließ es ihrem Unteroffizier den Verkäufer bestimmt zur Seite zu drängen und führte ihre Zenturie weiter an den Zielort. In Soho konnte man nicht nur vieles käuflich erwerben, man konnte es auch verkaufen. Ihre Zenturie hatte erst kürzlich ca. elf Tagesreisen von hier in einer Schlacht gekämpft und jetzt würde sie die Kriegskasse aufbessern. Ihr letzter Befehl hatte glücklicherweise nicht vorgesehen keine Gefangenen zu machen, was dem Trupp Gelegenheit gab, heute einige Menschen in Ketten an diesen Ort zu führen.

Caleb Bathak war kein Sklavenhändler, er war Vermittler. Darauf war er stolz. Er kaufte keine Lebewesen an, um diese wieder zu verkaufen, wie dies viele andere taten, er blieb ehrenhaft. So zumindest sah dies der ehemalige Bauernsohn. Seine Ehre zu erhalten war tief in seinem Inneren dabei kein Ziel, eher, kein unnötiges Kostenrisiko auf sich zu nehmen. Manch einer hatte schon Sklaven aufgekauft, die dann bis zum Verkauf verstorben waren, teils an Krankheiten, bei Kämpfen untereinander oder bei Fluchtversuchen. Bathak hatte dieses Risiko eliminiert. Er bot den Platz und die Gelegenheit zum Sklavenverkauf. Jeder, der hier über ihn Sklaven verkaufte, musste ihm einige Prozente abgeben. Jeder, der in Soho versuchte ohne ihn Sklaven zu verkaufen, verstarb meist kurz nach der Abreise. Geschäfte können so einfach sein.

Esanielle Vi'landor kannte den Vermittler. Das Gespräch zwischen ihnen dauerte nur kurz an, auch wenn Caleb stundenlang das silberne Haar Esanielles und ihre Elfenschönheit hätte betrachten wollen. Er wusste immerhin, dass man eine elfische Zenturie besser nicht lange aufhielt.

Die Tagesarbeit dieser effizienten Krieger war der Kampf. Und Caleb war immer darauf bedacht, dass sie nicht dort kämpften, wo er sich aufhielt. Wie jeder mit Verstand.

Nachdem viel auf dem Markt von Soho los war, vereinbarte er mit der Elfenkriegerin, dass sie in einer Stunde ihre Gefangenen anbieten durfte. Ihre hundert Soldaten führten zweiundzwanzig Gefangene in Ketten mit sich. Esanielle ließ ihre Soldaten am Rande von Bathaks Platz rasten, in seinem von Caleb so bezeichneten Wartesaal. Der Platz war mit Mauern vom eigentlichen Verkaufsbereich abgetrennt. Caleb wollte nicht, dass sich seine Kundenschaft von den gerade vorgeführten Kaufobjekten ablenken ließ. Zwei andere Gruppen mit ihren Gefangenen warteten dort bereits.

Ein Dutzend Zwerge bewachten mit ihren mächtigen Streitäxten zwei Menschen und zwei Elfen, die sie zu verkaufen gedachten. Sechs Menschen hielten eine sehr verwahrlost wirkende Gruppe aus Menschenfrauen und Kindern in Schach.

Esanielle wusste auf einen Blick, dass ihrer sehr disziplinierten Streitmacht keine Gefahr von den anderen Händlern drohte. Auf ihren Befehl hin – und nur auf ihren Befehl – würden die Elfen jeden Anwesenden töten, bevor diese ihre Waffen auf die Elfenkrieger richten konnten. Sie nickte Leutnant Alonas Vi'landor zu, einem entfernten jüngerem Cousin aus ihrer einflussreichen Familie. Er verstand ihr Zeichen und ließ die Streitmacht Position beziehen. Sie unterließen es niemals, vernünftige Verteidigungshaltung einzunehmen.

Esanielle übergab Alonas die Befehlsgewalt über die Zenturie und verließ in Begleitung eines Unteroffiziers und dreier weiterer Soldaten Caleb Bathaks Sklavenmarkt.

Soho stank nach allerlei ekligem gebratenen Fleisch, verwahrlosten Menschen, erdverkrusteten Zwergen und Unrat. Es war ein Ort, an dem Reisende nicht lange verharrten. Man kam um zu verkaufen oder zu kaufen, und das möglichst rasch. Wer in Soho aus welchen Gründen auch immer verarmte, vielleicht durch Glücksspiel, der fand sich selbst oft als Verkaufsware wieder. Lebend oder zubereitet.

Der Krieg hatte diese erbarmungslosen Zustände hervorgerufen. Essen war rar, Fleisch noch rarer. Kein Zwerg aß Zwergenfleisch, kein Elf Elfenfleisch, kaum ein Mensch Menschenfleisch. Aber das Fleisch der anderen Rassen konnte man akzeptieren, wenn man sonst hungerte. Und Nutztiere waren in diesen Zeiten oft mehr wert, als ein kraftloser Gefangener, der auch Futter benötigte.

Dennoch war Soho kein rechtloser Ort. Zwar war Soho frei von einer richtigen Regierung, aber die Händler hatten sich in der Soho-Handelsgilde zusammen geschlossen und stimmten regelmäßig über die Belange der Stadt ab.

Sie alle gemeinsam finanzierten auch eine streitkräftige Söldnerarmee, die die Verteidigung der Stadt übernahm. Sie achteten bei der Auswahl darauf, dass erfahrene Haudegen die Führung innerhalb der Söldner übernahmen, denn die Händler wollten Sicherheit innerhalb der Stadt, aber keine willkürlichen Übergriffe. Außerdem war ihnen klar, dass man eintreffende Armeetruppen besser nicht verärgerte. Soho sah harte Bestrafungen für alle vor, die den Frieden oder Handelsabkommen verletzten.

Soho war gewachsen aus einer Ansammlung von reisenden Händlern, die sich hier regelmäßig zu einem überregionalen Markt getroffen hatten. In ihren Handelszelten hatten sie ihre Waren angeboten. Der Ort lag günstig am Fluss, da die

Natur hier erlaubte, dass Schiffe anlegen konnten. Das Meer war dadurch nicht mehr weit, und der Handel mit zahlreichen Städten war nicht mehr aufzuhalten gewesen. Nach und nach gab es auch Holzhäuser, aber die Zelte waren immer noch vorhanden. Die Gassen der Stadt waren von ihren bunten Stoffen geprägt.

Eine Stadtmauer besaß Soho nicht. Viele Truppen unterschiedlichster Fraktionen kamen nach Soho, aber sie kamen hauptsächlich in Frieden um Kriegsbeute zu verkaufen. Eine Verteidigungsanlage wäre so oder so überflüssig gewesen. Sollte Soho erobert werden, störte sie nur bei der sicher rasch kommenden Befreiung.

Esanielle dachte nicht oft über die schlechten Zustände nach. Ihr war eine Zenturie anvertraut worden, und sie gedachte diese möglichst verlustfrei durch die widrigen Zeiten zu führen. Dazu war es vor allem notwendig, Disziplin und Gehorsam unter den Soldaten aufrecht zu halten. Sie ging zielstrebig über den Markt, kaufte einige Kräuter und Verbandsutensilien ein. Essen kaufte sie hier nicht. Die Preise in Soho waren hoch, und in der Regel nahmen sie sich auf ihren Wegen, was sie benötigten.

Als Zenturie zu viel Ballast mit sich zu schleppen kam auch zu häufig Feinden zu gute, wenn man sich bei Übermacht zurückzuziehen hatte. Eine elfische Streitmacht reiste daher mit leichtem Gepäck.

Nachdem sie eine Schifffahrt für die Elfenkrieger nach Vyanheim erkauft hatte, genoss Esanielle am Hafen das aus gemahlenen Bohnen gekochte heiße Gebräu Skar'aha. Es schmeckte bestialisch, aber es belebte die Geister. Auch ihrem Unteroffizier erlaubte sie ein Getränk, bevor sie wieder zu Caleb Bathaks Basar zurückkehrten.

Leutnant Alonas Vi'landor meldete ihr, dass eine der Gefangenen im Gesicht verwundet war, und führte diese Esanielle vor. Es handelte sich um eine heulende Menschenfrau, die die Elfenkriegerin um ihre Freilassung anbettelte. Esanielle wischte ihr mit dem Handrücken die Tränen vom Gesicht.

Auf diese Weise konnte sie die Wunde besser betrachten. Aufmerksam betrachtete sie ihre Ware, bevor sie sich an den Leutnant wandte.

»Wer hat sie ins Gesicht geschlagen?«

Die Zwergengruppe war bereits fort, die sechs Menschen verkauften im Augenblick die Frauen und Kinder, die sie mit sich geführt hatten. Bald hatten die Elfen Gelegenheit Geld mit dem Verkauf zu verdienen.

»Läufer Kahlan.«

»Warum?«

Der Leutnant schaute ihr fest in die Augen.

»Die Gefangene wollte einen Aufruhr veranstalten.«

»Hatte er Euren Befehl dazu?«, fragte Lanze Vi'landor ihren Untergebenen, der in ihrer Abwesenheit die Befehlsgewalt gehabt hatte.

»Nein, Lanze Vi'landor. Ich habe ihn sofort unter Arrest gestellt und die Gefangene wieder zur Ruhe gebracht.«

Sie nickte ihrem Cousin zu. Dieser wusste, dass auch die familiäre Bindung ihm nicht geholfen hätte, wenn auf seinen Befehl hin eine Gefangene verletzt worden wäre.

»Der Läufer bekommt zehn Peitschenhiebe im Morgenrot.«

Mit einer Handbewegung entließ sie den Leutnant. Danach trat sie direkt vor die Gefangene, die leise schluchzend flehend zu ihr sah.

»Säubere Dein Gesicht und strahle so sehr mit Deinem

Lächeln, dass es die Wunde in Deinem Gesicht wieder wett macht. Denn wenn Du keinen ordentlichen Preis erzielst, verkaufe ich Dich an den Metzger.«

Danach prüfte Esanielle Vi'landor die anderen Kriegsgefangenen. Es waren allesamt Soldaten der fernen Welt Fori'Thelan. Esanielles Zenturie hatten einen Stützpunkt der Thelanischen Armee angegriffen, den diese bei ihrem Eroberungszug errichtet hatten. Diese Gefangenen waren die einzigen Überlebenden, allesamt feindliche Krieger. Und da war noch der Thelanische Hauptmann, den sie zwei Tage später auf ihrem Weg aufgegriffen hatten. Der Verräter hatte seine Truppe verlassen um zu entkommen. Dummerweise hatte er den falschen Weg gewählt.

Esanielle blieb als letztes bei ihm stehen und prüfte auch seinen Zustand. Gefangenen, die zu viel redeten, hatte sie früher schon die Zunge abgeschnitten. Männern, die zu sehr auf Flucht bedacht waren, hatte sie eigenhändig die Genitalien entfernt. Aber stets war sie darauf bedacht, sie in einem Zustand zu erhalten, der einen guten Verkaufspreis erzielte. Doch dieser Gefangene hatte sich als besonders pflegeleicht erwiesen. Die ausgeteilten Rationen hatte er stets ohne Gegenwehr zu sich genommen, auch das eklige Zeug, das nur zum Lebenserhalt diente. Er hatte nicht zu fliehen versucht, niemanden provoziert und vor allem meist geschwiegen.

Es war nicht ihre Aufgabe gewesen, die Gefangenen zu verhören. Sonst hätte sie versucht ihm alle Worte in seinem Inneren zu entlocken. Aber so war es angenehm gewesen, dass einmal ein Gefangener nicht pausenlos bettelte, zu verhandeln suchte oder mit Beleidigungen um sich warf. Er war alles in allem kooperativ gewesen. Das allein machte

Esanielle misstrauisch. Aber sie hatte in diesem Krieg andere Sorgen. Ein letztes Mal ließ sie ihren Blick über den Mitte zwanzig wirkenden Menschen fallen. Sein dunkles Haar, das im Schein der Sonnen verschwitzt glänzte, sein ernster Gesichtsausdruck, sein gesenkter Blick. Es schien auch diesmal, als wolle er nicht sonderlich auffallen.

Vielleicht gar keine schlechte Taktik auf einem Sklavenmarkt, dachte die Elfenfrau. Erst dann auffallen, wenn es sich um einen vernünftigen Käufer handelte. Sie grinste den Menschen an. Er hatte seine eigene Truppe verraten, und damit gegen einen der wenigen Grundsätze verstoßen, die Esanielle für die Erhaltung ihrer Welt als nötig erachtete. Er war damit für sie weniger Wert als die anderen. Aber das wusste die Kundschaft draußen ja nicht.

»Raus mit ihnen«, wies sie ihren Leutnant an.

»Endlich«, dachte der Mensch. Er konnte der Elfenfrau nicht sagen, dass er kein Thelanischer Hauptmann war. Es war gut, dass er bald nicht mehr unter der Macht der Elfen stand. Hätten sie um seine Identität gewusst, so hätte ihm weitaus schlimmeres geblüht, als nur am Sklavenmarkt verkauft zu werden.

RING DER SHA'ANAAR

Die Gefangenen wurden einzeln auf die Bühne geführt. Der falsche Hauptmann namens Kaylon Midwinter konnte hören, wie Caleb Bathak die menschliche Ware geschäftstüchtig anpries. Er wies ein paar Male auf kleinere Mängel hin, nur damit ihm seine Hochpreisungen eher geglaubt wurden. Perfekt verstand er es seine Kundschaft mit einzubeziehen und einzuschätzen und die Sklaven passenden potentiellen Kunden ans Herz zu legen. Er erzielte gute Preise bei den Versteigerungen der Sklaven.

Die im Gesicht frisch verletzte Kriegerin ging an ein Hurenhaus in Ivanhan. Sie würde noch heute Abend mit einem Schiff und drei weiteren Sklavinnen und einem Knaben dorthin transportiert werden. Das gute daran war, dass man die Sklavinnen dort meist nach zehn bis zwanzig Jahren freistellte, wenn ihre Schönheit bis ins letzte verblüht war und man keinen Gewinn mehr mit ihnen erzielte.

Ein paar Bauern kauften Sklaven um ihre Felder zu bestellen. Diese konnten auf eine Gelegenheit zur Flucht hoffen, einem Bauern zu entwischen war einfacher, denn als Sklave aus einer Stadt zu fliehen.

Ein Magier kaufte eine Sklavin, sie würde wohl kaum eine lange Zukunft haben. Kaylon wusste, dass einige Rituale Leben aus Opfern zogen um Magie zu wirken. Und vielleicht genoss der Magier es auch, den weiblichen Körper davor noch auf weltliche Weise zu nutzen.

Richtig Sorgen machte sich der Mann aber erst, als bei einem der mit ihm Gefangenen Krieger Caleb Bathak die Versteigerung kurz unterbrach. Nach dem Gesagtem zu urteilen schien er eine besondere Kundin auf die Tribüne zur genauen Begutachtung des Sklaven zu lassen. Eine sehr melodische Stimme sprach dort oben zu Caleb. Kaylon stand noch hinter der Mauer, aber nach der besonderen Ausstrahlung der Stimme zu urteilen, handelte es sich um einen Elfenfrau. Verdammt. Unter der Kundschaft waren also auch Elfen. Ihnen wollte er doch entkommen, und nicht wieder in die Hände fallen. Kaylon vernahm auch einen vereinzelten Schmerzensschrei, aber er konnte ihn nicht deuten.

Alle einundzwanzig Gefangenen vor ihm waren verkauft, es hatte sich für die Zenturie gelohnt, auf den Zustand ihrer Gefangenen zu achten. Der erzielte Gewinn würde in die Kriegskasse der Familie Viʻlandor fallen, so dass diese Familie damit wieder ihnen unterstellte Zenturien und ganze Kohorten unterhalten konnte. So ernährte sich der Krieg.

Im Gegensatz zu den menschlichen Armeen unterstanden die Streitmächte bei den Elfen Familien. Machtvolle Familien besaßen Zenturien, teilweise waren diese Zenturien zu sechst als Kohorte vereint. Führer einer Zenturie wurden als Lanze bezeichnet, ihre Stellvertreter waren die Schilder. Lanze und Schilder waren damit die Offiziere der Zenturien. Läufer, Pfeile und Jäger bildeten nach Rang geordnet die normalen Soldaten. Das Bindeglied von Soldaten und Offizieren war das Schwert. Ein Schwert entsprach einem Unteroffizier bei den Menschen. Die mächtigste Lanze in Bezug auf ihren familiären Status führte eine Kohorte an.

Kaylon Midwinter wurde von einem Pfeil der Zenturie vor zur Leiter gestoßen und kletterte die Holzstreben hinauf. Dies war nicht sein Weg in die Freiheit, dass wusste er, aber er hoffte der Freiheit wieder näher zu kommen. Und ihm drohte nur wenig, dem man schwerer entfliehen konnte, als der elfischen Zenturie.

Er trat in der Uniform des Thelanischen Hauptmanns vor die Menge, die er bei seiner Gefangennahme getragen hatte. Wenn sich Angehörige der Thelanischen Armee hier befanden, würden sie ihn sicher freikaufen. Die Streitmacht der Welt Fori'Thelan hatte dafür ein Kopfgeld für jeden Rang der Armee festgelegt. Erleichtert sah er einige der ersehnten Uniformen.

In Soho trafen auch verfeindete Fraktionen aufeinander. Hier herrschte in der Regel Waffenruhe. Er sah vier Thelanische Soldaten und vermutete, dass sie extra hier waren um wichtige Gefangene freizukaufen. Feinde würden sie hier nicht angreifen, denn niemand, der gern verkaufte, wollte riskieren, dass eine Streitmacht Soho aus Rachegelüsten angriff. Außerdem hätten Unruhestifte direkt die Söldner der Soho-Handelsgilde gegen sich. Einer der vier Soldaten deutete auf ihn, sie hatten ihn sicherlich als Hauptmann erkannt. Er seufzte leicht, vielleicht hatte seine Scharade ihm damit kein Unglück eingebrockt, sondern ihn bloß über einen Umweg in eine bessere Situation geführt.

Die Uniform war also doch etwas wert. Plötzlich stand eine Elfin neben ihm. Er hatte sie in seiner Freude gar nicht bemerkt. Sie schritt um ihn herum und musterte ihn sehr aufmerksam. Caleb Bathak stand mit nervösem Blick daneben und schien ihr alle Zeit lassen zu wollen, die sie benötigte.

Abrupt spürte Kaylon einen schmerzhaften Schlag in seinen Magen, und er sackte in sich zusammen. Darauf war er nicht vorbereitet gewesen. Sklaven schlug man nicht vor dem Kauf, das minderte ihren Zustand und brachte den

Verkäufer gegen sich auf. Grob wurde sein Kopf von einer behandschuhten Hand am Kinn empor gerissen, Leder presste sich auf seine Haut. Die Elfendame blickte ihm direkt in die Augen, die in diesem Moment noch vom Schmerz gekennzeichnet waren. Danach nickte sie Bathak zu. Sie trug eine Art Uniform, aber nicht die einer elfischen Streitmacht. Kaylon konnte sie nicht genau einschätzen, aber diesen Bereich der Welt hatte er erst vor wenigen Tagen bereist.

»Für Euren Ring stehe ich immer zur Verfügung«, bemerkte der hagere Bathak zu der Elfin. Diese trat in den Hintergrund auf der Tribüne und Kaylons Versteigerung begann.

Die Bauern hatten direkt eingesehen, dass er zwar ein lohnender Sklave wäre, aber ein Thelanischer Hauptmann ihre Preisvorstellungen sprengen würde. Auch die Bordelleinkäufer wussten, dass man einen Thelanischen Hauptmann zu schlecht unterordnen konnte. Ebenso stellte er in seiner vorgetäuschten Identität für Magier eine zu große Gefahr dar. Eigentlich hätten es die Thelanischen Soldaten einfach gehabt, ihn zu ersteigern. Eine Elfendame in der Menge erhöhte aber ihr Gebot. Nachdem es nicht allzu viele Bieter gab, zog sich Kaylon Midwinters Versteigerung nicht lange hin, aber sie nahm kein gutes Ende für ihn. Die Soldaten gingen bis zur vorgeschriebenen Summe für Hauptmänner und nicht den Bruchteil einer Münze weiter.

Caleb Bathak gab der Elfe den Zuschlag. Keine schnelle Freiheit. Er kletterte wieder die Treppe hinunter und wurde von Bathaks Leuten zur Ausgabe weggeführt. Die Zenturie war nicht mehr für ihn zuständig. Hier stand er noch eine Stunde lang unter der Bewachung einiger Söldner. Sklaven wurden abgeholt, neue trafen ein. Dann kamen die Elfe aus der Menge und die von der Tribüne um ihn und zwei weitere Männer abzuholen.

»Trink«, sagte die Elfe, die ihm auch den Schlag versetzt hatte und hielt dem ersten Sklaven eine Phiole an den Mund. Die Anwesenheit der Söldner sorgte dafür, dass dieser schnell zu sich nahm, was ihm dargeboten wurde.

Beide Elfenfrauen wirkten durchtrainiert und sehr beherrscht. Ihre kantigen, makellosen Elfengesichter zeigten keine Emotionen. Sie trugen Langdolche an ledernen Hüftgurten und schwarze, eng anliegende Lederrüstungen mit vielen kleinen eingearbeiteten Taschen. Kaylon konnte mehrere Griffe von kleinen Klingen an ihrer Kleidung ausmachen. Jede trug einen Reisebeutel auf dem Rücken und einen Reisebeutel umgehängt. Wie es oft mit unterschiedlichen Rassen ist, war es für Kaylon oft nicht einfach ähnliche Individuen der Elfen zu unterscheiden. Bei diesen beiden fiel es ihm leichter. Die Elfe aus der Menge trug ihr sehr langes Haar schwarz mit silbrigen Strähnen, die andere besaß goldenes Haar, glatt und schulterlang.

Der zweite Gefangene, der mit an sie verkauft worden war, blickte besonders skeptisch auf die ihm gereichte Phiole und frage: »Was ist das?«

Kaylon konnte der Situation gar nicht so schnell folgen, wie die dunkelhaarige Elfe plötzlich einen Schlagring auf ihren Lederhandschuh trug und dem Fragesteller ins Gesicht schlug. Eines seiner Augen war direkt verletzt, und Kaylon konnte nicht einschätzen, ob es jemals wieder heilen würde. Dies zeigte deutlich, dass der Zustand ihrer Sklaven ihnen nicht so wichtig war, hielt Kaylon Midwinter für sich fest. Der Geschlagene trank die bläuliche Flüssigkeit zuerst, danach nahm Kaylon seine ein.

Caleb Bathak verabschiedete die beiden Elfenfrauen förmlich. Sie standen ein paar Meter entfernt, aber Kaylon suchte aufmerksam zuzuhören. Er hatte diesen Hauptmann nicht erdolcht um für ihn in die Sklavenschaft zu gehen. Und für eine erfolgreiche Flucht war jede Information wichtig.

»Es ist mir eine Ehre, den Sha'anaarischen Ring erneut zufrieden gestellt zu haben. Ich würde mich freuen, Euch in einem Monat wieder begrüßen zu dürfen, da kommt eine Lieferung mit kleinen Mädchen aus Vendalaar.«

»Thaljan-enun, Bathak.«

Der Vermittler verneigte sich vor den Elfen, die den drei Sklaven einen Wink gaben ihnen zu folgen. Drei von Bathaks Söldnern begleiteten die Gruppe bis vor die Stadttore von Soho. Wenn man die Wachzelte als Stadttor bezeichnen konnte. Dort verbeugten sich auch die Männer vor den Elfen, danach waren die drei Gefangenen mit ihren Käufern allein. So allein, wie man auf einer Straße zu einem gut besuchten Handelspunkt sein kann.

Kaylon Midwinter hatte seine Flucht noch nicht geplant. Er hasste es zu planen, wenn er nicht alle Fakten kannte. Der Mann könnte die beiden Elfen töten und fliehen, das wirkte leicht. Aber genau daher ließ er sich nie zu früh zu einem Plan hinreißen. Was leicht wirkte konnte sich schnell als sehr falsch erweisen. Außerdem hatte er zwei Mitstreiter in Bezug auf Flucht, warum nicht ihnen den Vortritt lassen. Die Erfahrung zeigte, dass die meisten Menschen nicht so umsichtig wie Kaylon selbst waren. Und er liebte es, wenn andere in Fallen traten, und nicht er selbst. Die beiden Menschen bedeuteten ihm nichts, genauso die beiden Elfen. Ihm bedeutete nur seine Freiheit und sein eigener Wille etwas. Und beides würde er auf dieser Reise sicher wieder erlangen.

Die Elfen führten sie einige Meter die Strasse entlang, die Gefangenen folgten. Ihre Handgelenke waren mit Stahlfesseln an einer gemeinsamen Kette befestigt, welche die Elfe mit den goldenen Haaren am Ende hielt. Kaylon war sich sicher, dass sich auch die anderen Gefangenen fragten, wie diese beiden drei Gefangene eskortieren wollten. Es handelte sich lediglich um eine Frage der Zeit, bis einer von ihnen die Flucht antrat. Kaylon würde dies nicht sein, er spielte kein Spiel, wenn er die Regeln nicht kannte.

Eine braunhaarige Elfe mit silbernen Strähnen trat aus dem Schatten einiger Bäume hervor. Sie trug die gleiche Kleidung wie beiden Sklavenführer.

»Tajana, Thaljan-enun«, begrüßte der Neuankömmling die Elfe von der Tribüne, mit denselben Worten, mit denen diese Bathak verabschiedet hatte. Kaylon war ein aufmerksamer Zuhörer und Beobachter und leitete daraus ab, dass die Elfe mit den goldenen Haaren Tajana hieß. Diesen Elfischen Vornamen hörte er nicht zum ersten Mal.

»Icaara, Thaljan-enun«, erwiderte Tajana den Gruß.

Sie gingen mit ihren Gefangenen zu den Bäumen. Dort zog die Elfe namens Tajana einen Schlüssel hervor und öffnete die Fesseln. Keine der Elfenfrauen machte Anstalten ihre Waffen zu ziehen. Handelte es sich bei ihnen doch ein Befreiungskommando?

»Lektion Eins«, sprach Tajana zu den frisch am Sklavenmarkt Erworbenen, »Ihr habt Gift getrunken. Es hat magische Komponenten und wirkt auf zwei Arten.«

Kaylons Herz schlug wild. Jetzt kamen die Regeln, die er für einen Gang in die Freiheit kennen musste.

»Es tötet Euch innerhalb von zehn Tagen, wenn Ihr nicht das Gegengift bekommt, das sich an unserem Zielort befindet. Und es tötet Euch, wenn Ihr Euch von uns entfernt.«

Sie hatte den Satz kaum beendet, als der erste Gefangene davon rannte. Die drei Frauen blieben absolut entspannt und machen keine Anstalten auf die Flucht zu reagieren.

»Lektion Zwei: ich wiederhole mich nie. Das bedeutet auch, keine Warnung erfolgt ein zweites Mal.«

Sie hörten schreckliche Schreie. Kaylon hatte den Flüchtenden mit seinem Blick verfolgt. Dieser brach jetzt etwa fünfzig Meter entfernt zusammen, erbrach sich krümmend am Boden liegend und verfiel dann in Zuckungen.

»Lektion Drei: Ihr seid wertlose Ware. Wenn Ihr nicht ankommt, ist das nur ein Beweis dafür, dass wir Euch nicht brauchen.«

Kaylons Blick schwenkte entgeistert zu der Wortführerin der Elfen. Nur selten hatte er nicht die Kontrolle über seine Miene. Besonders, wenn sein Verstand etwas nicht logisch erklären konnte. Warum gab man Geld für etwas aus, wenn es einem unwichtig war, ob es den Zielort erreichte?

Die Elfe fing seinen Blick auf und stahlblaue harte Augen prallten auf seine grünen. Sie bemerkte seine Verwirrtheit und fügte einen Satz an: »Das bedeutet, wenn Ihr nicht mithaltet und das Ziel nicht erreicht, ist das Euer Problem.«

Das Schreien starb ab.

Icaara setzte sich langsam in Bewegung und schlenderte die fünfzig Meter.

»Ihr gehört jetzt dem Ring der Sha'anaar, und Euer einziger Ausweg ist der Tod.«

FERN DER FREIHEIT

Sein Leben war Kaylon Midwinter sehr wertvoll. Gepaart mit seiner Freiheit und seinem freien Willen. Dafür hatte er gemordet, gestohlen und andere vernichtet.

Momentan war er zwar auf den ersten Blick frei, er trug keine Ketten und niemand schien darauf zu achten was er tat. Aber er wusste, dass er es nicht war. Dies war die seltsamste Art, Gefangene zu überführen, die er je erlebt hatte. Als er noch selbst als Kind Gefangene und ihre Eskorte zum Richtplatz geführt hatte, hätten sie ihnen niemals die Ketten abgenommen. Doch es funktionierte.

Die Elfe namens Icaara war zu dem Flüchtenden gegangen. Mit jedem Meter den sie sich ihm näherte, verstummten seine Zuckungen mehr. Mit kraftvollen Armen schleifte Icaara ihn zurück zu der Gruppe. Dort angekommen beugte sie sich hinunter, ihr wallendes braunes Haar legte sich auf den bebenden Gefangenen. Sie küsste den gemarterten Mann auf seine Lippen. Elfenlippen auf denen eines Menschen. Normalerweise ein Fest für jeden Mann. Dieser konnte es allerdings nicht genießen, war er doch bereits dem Tod so nahe, dass er sicher nichts von all dem wahrnahm.

Langsam ging das Beben des Körpers wieder in einen regelmäßigen Atemzyklus über. Kaylon überlegte, wie er sich am besten verhalten sollte. Er könnte die Elfen töten, dies hatte er bereits im Geiste durchgespielt. Aber wie sollte er dann das Gift aus seinem Körper verbannen?

Die Elfenfrauen schritten zu den Bäumen. Dort waren drei Pferde angebunden, wie Kaylon jetzt bemerkte. Er blickte noch einmal zu der liegenden Ware, die bewiesen hatte, dass es erneut geschickt gewesen war, abzuwarten. Herrisch bemerkte Kaylon zu dem anderem unschlüssig neben ihm stehenden Gefangenen »Trag ihn« und folgte dann den Elfen. Die beiden anderen Gefangenen waren thelanische Soldaten von dem von den Elfen überrannten Stützpunkt Luoisan. Mehrere Zenturien verschiedener Elfischer Adeslfamilien waren des Nachts in den Stützpunkt eingefallen, darunter auch die gefürchteten Elementkohorten mit ihren Blutmagiern. Sie hatten den wichtigen Standort der Thelaner ausgelöscht, mehrere tausend Menschen abgeschlachtet.

Kaylon war nicht dabei gewesen. Er hatte den Hauptmann bei dessen Reise in ein nahe gelegenes Dorf gemeuchelt und dessen Rolle eingenommen. Der Hauptmann hatte dort Proviantlieferungen bestellen sollen. Nur war Kaylon nicht zu dem Stützpunkt zurückgekehrt, sondern in dem Dorf geblieben. Er hatte sich in einer Taverne vergnügt, bis die elfische Zenturie unter Esanielle Vi'landors Kommando dort gelagert hatte. Die menschlichen Dorfbewohner hatten sich mit den Elfen gut stellen wollen und den Hauptmann verraten. Drei Elfenjäger hatten ihn aus dem Bett gezogen, der Schild Vi'landor hatte ihn in Fesseln legen lassen. Er war noch halb im Schlaf gewesen und hatte somit nicht rechtzeitig reagieren können. Dies war eventuell auch besser, elfische Jäger waren gut im Spurenlesen. Und gegen eine ganze Zenturie zu kämpfen war nicht leicht.

Die Möglichkeit, als Sklave für die Zenturie Gewinn zu erzielen, hatte sein Leben gerettet. Esanielle Vi'landor hasste Verräter. Und es war besser als Thelanischer Hauptmann verkauft zu werden, denn als Midwinter unter die Augen der Elfen zu treten.

Der Standort war groß genug, dass nicht jeder Soldat jeden Hauptmann kannte. Außerdem behauptete Kaylon, als Hauptmann Kar'andrar gerade erst angereist zu sein.

Die Antwort des anderen Gefangenen überraschte Kaylon nicht.

»Trag ihn doch selbst, Verräter!«

Obwohl er mit der Reaktion gerechnet hatte, spielte Kaylon als Hauptmann Kar'andrar seine Rolle. Aber er kam nicht zu einer Erwiderung. Die Elfe namens Tajana sprang zu dem Soldaten und warf ihn zu Boden. Sie landete geschickt mit den Beinen auf seinen Armen und ein Schlag in den Kehlkopf ließ den Krieger nach Luft schnappen. Auch mit seinen um sich zappelnden Beinen konnte er das Folgende nicht verhindern. Es dauerte nur Sekunden.

»Lektion Vier: Ihr redet nicht.«

Noch während sie den Satz beendete, hatte sie ihr Werk vollendet. Die Lippen des Soldaten waren mit einem Draht versiegelt. Sie hatte ihn mit einer Nadel durchgezogen. Kaylon schluckte schwer. Einer weniger, der etwas über ihn ausplaudern konnte. Voller Entsetzen blickte der Soldat auf die grausame Elfe. Ihr herrischer Blick traf Kaylon und zwang ihn nieder. Er senkte sofort seine Augen. Er würde sie nicht zwingen ein weiteres Exempel zu statuieren.

Kaylon und der Soldat schleppten den unfähigen dritten. Niemand hatte ihnen dazu die Anweisung gegeben. Irgendwie spürten die beiden, dass es das Richtige war um keinen Zorn auf sich zu ziehen. Sie folgten den drei Elfen, die auf ihren Pferden vor ihnen trabten. Es war ein sehr warmer schöner Frühlingstag. Die zwei Sonnen strahlten auf Kaylon Midwinter hinab und ließen Schweiss auf seiner Stirn stehen.

Die Vögel zwitscherten. Sie spielten ihr Spiel in den Baumkronen und Wolken, während der kleine Trupp unter ihnen durch den Wald zog. Die Elfen mieden die Strassen. Keine schlechte Taktik in dieser Zeit. Eine kleine Gruppe konnte sich schlecht einem Streitzug erwehren, der spontan auf die Idee kam, sie als Sklaven mitzunehmen. Und wie einfach man Sklave werden konnte, hatte Kaylon gerade erst erlebt.

Der Soldat fuhr sich mehrfach über den brutal genähten Draht an seinen Lippen, aber wahrscheinlich dachte er das, was Kaylon ebenfalls vermutete. Es war besser, den Draht nicht zu entfernen. Einige Zeit nach Dämmerungsbeginn hielten die Elfen ihre Reittiere an und lagerten.

Icaara sammelte Feuerholz, Tajana schlenderte außer Sicht und die dritte Elfe versorgte die Pferde. Um die Gefangenen kümmerte sich niemand. Sie ließen ihre Last fallen, und Kaylon beugte sich hinab, um den offensichtlich immer noch stark angeschlagenen Mann zu untersuchen. Er bezweckte nicht, dessen Zustand zu bessern, er wollte nur wissen, was diesem widerfahren war. Aber Kaylon fand keine offensichtlichen Verletzungen. Die Haut war überall gerötet, mehr konnte der falsche Hauptmann nicht entdecken.

Der andere Soldat war recht jung, entschied Kaylon Midwinter, als er sich jetzt die Zeit nahm, auch diesen zu betrachten. Dieser hatte sich, an einen Baum anlehnend, gesetzt und seine Augen waren voller Tränen. Vielleicht tat der Draht noch weh, oder der Schrecken übermannte ihn jetzt, nachdem es nichts mehr zu tun gab.

Kaylon spürte seine Muskeln. Den ganzen Tag lang den schweren Mann zu schleppen, der sie beide ein ganzes Stück überragt hatte, war auch für ihn nicht einfach. Kaylon selbst war sehr drahtig und trainiert, aber er war nicht darauf ausgelegt, lange Zeit Gewichte zu tragen. Er dehnte und entspannte seine Muskeln einige Sekunden, während der Mensch nachdachte, was zu tun war.

Mit dem Leder seiner Hauptmannsrüstung wischte er sich den Schweiss von der Stirn. Die lederne Bekleidung hatte man ihm gelassen, die Plattenrüstungsteile und das leichte Kettenhemd abgenommen. Natürlich besaß er auch keine Waffen mehr. Diese Ausrüstung war in die Ressourcen der Zenturie eingeflossen. Dass er nicht nackt verkauft worden war, lag daran, dass man ihn als Hauptmann hatte zeigen wollen. Es erhöhte den Verkaufspreis.

Kaylon schritt einige Meter in Icaaras Richtung. Er hatte sich ihr gerade einmal auf drei Meter angenähert, als sie sich zu ihm umwandte und die Griffe ihrer Klingen umfasste.

Kaylon Midwinter hob ergebend seine Hände um zu zeigen, dass er auch keine improvisierten Waffen trug. Er machte ein besonders unschuldiges Gesicht, wirkte damit sehr schüchtern und deutete dann langsam auf Holz am Waldboden. Er hatte bereits gelernt, nicht zu sprechen. Ihre funkelnden Augen bohrten sich in seine, aber er nahm das stille Duell nicht auf. Schnell senkte er seinen Blick ein wenig, so dass er die Elfe noch ansehen, aber nicht mehr in ihre Augen starren konnte. Sie nickte. Kaylon begann Feuerholz zu sammeln. In seiner Heimat hätte er diese Elfen jetzt stattdessen an die Bäume nageln lassen. Nicht ohne zuvor ihre Freuden zu kosten. Und dies auch in den folgenden Tagen zu tun, während sie am Baum genagelt langsam ausblutend in den Tod gingen.

TODESMARSCH

Sie bekamen kein Essen. Sie bekamen kein Wasser. Die Elfen ignorierten ihre Ware weitestgehend. Nach der ersten Nacht war der große Krieger wieder in der Lage selbst zu laufen. Er kannte die Regeln nicht, und seine menschlichen Leidensgenossen sprachen nicht zu ihm. Er hatte den Draht gesehen und zog es daher ebenfalls vor, nicht zu sprechen.

Vielleicht hofften die beiden Soldaten, dass die thelanischen Krieger aus Soho ihnen folgten, um sie zu befreien, nachdem das Geld nicht ausgereicht hatte sie freizukaufen. Kaylon Midwinter verschwendete nicht einen Gedanken daran. Ein Leutnant und drei Krieger hatten sich unter der Kundschaft bei Bathaks Sklavenbasar befunden. Warum sollte ein Leutnant sein Leben und das seiner Männer gefährden um einen unbekannten Hauptmann zu retten, wenn er seinen eigenen Vorgesetzten gegenüber einfach verschweigen konnte, dass in Soho thelanische Soldaten verkauft worden waren. Sie würden andere finden, bei denen man sie nicht überbot.

Je mehr Tage vergingen, erkannten auch die anderen, dass keine schnelle Hilfe zu erwarten war.

Der Hunger und der Durst machten den drei Sklaven zu schaffen. Ihr Tempo ließ nach. Dies führte dazu, dass der Abstand zwischen ihnen und den Pferden stets größer wurde. Nachdem die Elfen auf weiten Feldern Yarwinthosh über zwanzig Meter entfernt von dem zurück gefallenen Kaylon waren, setzte der Schmerz ein. Ein fordernder Schlag im Kopf, dann quälende Hitze die unermesslich mit jedem Meter anstieg. Kaylon sah seine eigene Haut in roten Tönen glühen und riss alle Kraft aus seinem Inneren empor, um schneller voranzukommen. Er hatte das Gefühl, dass der Schmerz mit den damit verbundenen Qualen ihn weiter zurückfallen ließ. Kaylon rannte, er lief um sein Leben. Nicht fort, sondern hin zu den Pferden. Diese trabten in ungemindertem Tempo weiter. Kaylon überholte die anderen Gefangenen, bemerkte vor lauter Panik nicht einmal, ob der Schmerz wieder nachließ und brach knapp hinter den Pferden zusammen. Kraftlosigkeit durch Hunger und Durst, die Qualen des Giftes und dagegen anzukämpfen hatten ihn erschöpft.

Der Mann mit dem verdrahteten Lippen gab ihm im Vorbeigehen einen festen Tritt in die Rippen. Kaylon lag im warmen Gras und hier kurz vor dem Tod dachte er an seine Mutter. Er fühlte ihre kalten Schläge auf seinen Wangen und sah ihre vor Zorn funkelnden Augen. Kaylon Midwinter richtete sich wieder auf, spuckte ins Gras und schritt weiter. So leicht würde er es niemandem machen, ihn zu vernichten.

Und für den Tritt würde der Soldat sterben. Denn Rache war eine Notwendigkeit.

MONDTORE

Hinter den Feldern von Yarwinthosh lag der Wald von Glanness. Hier musste vor ihrem Eintreffen ein Sturm gewütet haben, Astwerk lag weit verstreut, viele Bäume waren umgeknickt. Der Boden war mehr als feucht, schon schlammig. Während die Elfen von ihren Pferden stiegen, um die Reittiere an den Zügeln durch das unwegsame Gebiet zu führen, fielen die Gefangenen regelrecht in den Dreck und saugten das Regenwasser aus dem Schlamm. Der Sand hinterließ einen modrigen Geschmack im Mund und behinderte das Schlucken, aber die Flüssigkeit war es wert.

Während er wie ein Hund das Wasser aus der Erde leckte, schöpfte Kaylons Geist neue Kraft. Den Wald von Glanness kannte er. Hier hatte er einst diese Welt betreten. Das musste vor wenigen Wochen geschehen sein. Auch damals vor seiner Ankunft musste hier solch ein Sturm gewütet haben. Denn Stürme waren immer mit dem Zyklus eines Mondtores verbunden.

Auf den meisten Welten gab es wenige vereinzelte Mondtore. So war es auch auf Penagramn, dieser momentan stark umkämpften Welt. Andere Mondtore waren sehr weit entfernt. Daher stammte vermutlich auch die thelanische Armee aus diesem Tor von Glannes. Was bedeutete, dass auch seine anderen Mitgefangenen ahnen konnten, wohin sie gingen. Und jeder von ihnen konnte sich ausrechnen, dass ihre Chance ein Drittel betrug, die Reise durch das Mondtor nicht zu erleben.

Mondtore verbanden die Welten von Elmbund oder I'Sinnemon, wie die Elfen den Weltenverbund nannten. Die

Druiden der Elfen hatten die Mondtore einst entdeckt, und damit hatte ihre hochgewachsene Rasse den Namen Sternenvolk erlangt. Im Gegensatz zum zwergischen Volk der Tiefe, die andere Wege entdeckt hatten, zwischen den Welten zu wandern. Die Mondtore waren die Portale des Elmbundes. Doch die Pforten zwischen den Welten waren nicht ständig geöffnet.

Die Torphasen waren mit den Zyklen der Monde im Elmbund verknüpft. Könnte man den Stand aller Monde sehen, so ließe sich daran ablesen, wann die Tore wohin passierbar waren. Allerdings sah ein normaler Sterblicher nur die Monde der Welt, auf der er sich befand.

Es gab mehrere Wege dennoch zu berechnen, wann sich ein Mondtor in welcher Phase befand. Die Druiden lehrten dieses Wissen. Oder man konnte die beinah sichere Methode eines Würfelspieles nutzen. Elmstein hieß dieses Spiel und es wurde mit Würfeln aus seltenem Mondgestein durchgeführt. Dieses Spiel für einen Solospieler verlief in mehreren Runden, bei denen man durch das Neuwürfeln oder Behalten von Würfeln bestimmte Kombinationen erreichen musste. Von diesen Kombination hing auch die Art der Vorhersage ab, also welche Phase oder welchen Zielort ein Mondtor hatte. Gewann man, ließ sich am konkreten Ergebnis ablesen, wohin ein bestimmtes Mondtor wann führte.

Kaylon hatte nie verstanden, wieso das funktionierte. Es entbehrte seiner Meinung nach sämtlicher Logik. Die Druiden behaupteten, die Würfel aus Mondstein fielen nicht zufällig, sondern gekoppelt an die Phasen des Mondes, aus dem sie hergestellt waren.

An diesem Abend spielte Tajana das Spiel im Wald von

Glanness. Ihr goldenes glattes Haar glänzte im Schein des Feuers. Kaylon betrachtete sie aufmerksam. Leider konnte er die Würfe nicht deuten.

Einige Elfen, insbesondere die Druiden, und wenige Menschen beherrschten Elmstein. Kaylon Midwinter konnte es nicht. Seine Familie hatte immer begabte Menschen und Elfen in ihren Diensten gehabt, welche die Mondsteine für sie warfen und entschlüsselten. Kaylon konnte sich gut daran erinnern, wie er einem der Elfen seine spitzen Ohren abgerissen hatte, damit sich dieser nicht vom Elmstein ablenken ließ. Kaylon war damals noch jung und naiv genug gewesen, so dass er dachte, der Elf könnte dann nichts mehr hören. Als eine Streitmacht nach dem Vorfall an einen falschen Bestimmungsort landete und vernichtend geschlagen wurde, musste er den Elfen hinrichten lassen. Kaylon hatte ihn an die Familienhunde verfüttern lassen, wie zuvor als der Elf zugesehen hatte, wie seine Ohren gierig verschlungen wurden. Rache war eine Notwendigkeit.

Dass die Elfe Tajana Elmstein warf, bestätigte Kaylon, dass einer von den Gefangenen zu sterben hatte. Wahrscheinlich noch in dieser Nacht. Denn ein Sturm kam immer am Tag, wenn ein Mondtor in der Nacht zum Öffnen bereit war. Und Mondtore unterlagen nicht nur ihren Phasen, sie benötigten einen Schlüssel um sie zu öffnen. Der Schlüssel war ein Menschenopfer.

Kaylon Midwinter konnte rechnen, das Privileg seiner Familie seiner Heimatwelt. Er wusste das seine Chancen zwei Drittel standen, mit durch das Mondtor zu reisen. Und ein Drittel als Opfer zu dienen. Zumindest, wenn man andere Faktoren als reine Stochastik nicht betrachtete. Keine schlechte Chance. Aber wenn man sein Leben darauf wettete, war es auch keine glorreiche.

Eine Stunde nachdem Tajana das Spiel beendet hatte, löschten die Elfen das Feuer und führten die Pferde weiter in den Wald. Die Gefangenen wurden zusehends nervöser. Sie erreichten den Steinkreis von Glannes, und Kaylons Herz schlug wild. Hier hatten elfische Druiden den für Mondtore üblichen Steinkreis errichtet, große Obelisken bildeten den mystischen Ort. Ein liegender Stein mit besonders glatter Oberfläche in der Mitte der von Bäumen gerodeten Ebene stand symbolisch für das Schloss des Tores. Blutspuren aus Jahrhunderten wirkten wie die Schleifspuren einer Tür. Zwerge und Elfen halfen nicht, das hatte man schon probiert. Menschen öffneten das Portal. Zwei Drittel zu ein Drittel. Hoffnung, dachte Kaylon.

Aminar, die dritte Elfe – den Namen hatte Kaylon bei ihren Gesprächen am Lagerfeuer aufgeschnappt – übergab Icaara die Zügel der Pferde und schubste die Gefangenen in den Steinkreis hinein, nahe zum Zentrum.

Die drei Elfen sprachen in einer fremden Sprache miteinander. Kaylon Midwinter hatte Eshnu'Vilanus gelernt, die Geburtssprache der Elfen. Trotzdem verstand er nur wenige Fragmente. Sie nutzten eine andere Sprache, die an das Elfische angelehnt war. Daher hatte Kaylon lediglich den Namen der letzten Elfe verstanden, aber keine Inhalte aus ihren Gesprächen. Aber die Stimmung war immer ernst gewesen. Nicht einmal hatte er diese Elfen untereinander lächeln sehen oder lachen vernommen. Icaara zog einen dunkelroten Umhang aus ihrem Beutel und warf diesen Aminar zu, welche sich ihn umband. Vorne verschnürte sie ihn, so dass er wie eine Robe wirkte. Filigrane schwarze Symbole zierten den Stoff und waren kaum sichtbar. Kaylon

Midwinter fröstelte. Ähnlich waren auch die Blutmagier bei den Elementkohorten gekleidet.

Auf seiner Haut spürte er die Energie des Mondtores wie einen kalten Wind. Früher dachte man, es wären die Nachwirkungen der Stürme, doch heute kannte man die Bedeutung. Das Portal war bereit, geöffnet zu werden.

»Kniet nieder«, befahl Tajana mit leiser Stimme. Alle drei Sklaven kamen der Aufforderung sofort nach.

»Schaut zu Boden«, fügte sie im elfischen Dialekt von Elmôn hinzu. Elmôn war einst die Sprache der Reisenden von Elmbund gewesen, jetzt war es die meist gelehrte Sprache der Welten. Wenn man sichergehen wollte, dass man verstanden wurde, sprach man Elmôn.

Die Gefangenen verstanden und blickten zu Boden. Kaylon zitterte. Er wollte es unterdrücken, aber es gelang ihm nicht. Er hasste es, wenn sein Leben von Zufallsergebnissen abhing.

Ein Tritt in seine Seite schreckte ihn auf. Und offenbarte ihm sein Schicksal. Tajana deutete kühl zu dem Altar. Wie erstarrt mit weit aufgerissenen Augen erwiderte er ihren Blick. Unabsichtlich fand ein Flehen seinen Weg in seine Pupillen. Zum ersten Mal sah er sie so direkt an. Bislang hatte er dies immer vermieden. Ihre dichten dunklen Augenbrauen unterstrichen die Kälte, die ihre blauen Augen ausstrahlten und standen im Kontrast zum goldenen Haar. Ihre vollen Lippen waren spöttisch geformt, als würde sie es genießen den Hauptmann zum Schlachten zu führen. Eine perfekte Komposition. Sie hätte in seiner Welt lange gelitten.

Er stand auf und schritt zum Stein in der Mitte, von den Druiden als Altar des Schicksals bezeichnet. Als sie den Namen festlegten, wussten sie noch nichts von der

Berechenbarkeit der Mondtore. In den Anfängen betete man noch, dass man an den richtigen Ort gelangte.

Aminar stand dort und wartete auf ihn. Sie hatte bereits Juwelen aus Mondsteinen um den Altar gelegt. Diese sehr seltenen Steine waren notwendig um die Portale zu rufen. Kaylon hatte welche besessen, doch die hatte ihm die Zenturie abgenommen. Die wenigen Meter zum Stein waren wie die Ewigkeit von Geburt bis Ende einer Welt. Zu kurz, wenn die Zeit einmal vergangen war.

Nur wenige wussten, wie man das Ritual durchzuführen hatte. Dabei war es wichtig, wie man das Opfer tötete und wohin das Blut floss. Kaylon kannte dies, oft genug hatte er fasziniert dabei zugesehen, wie man ein Portal auf seinen Befehl hin geöffnet hatte. Er liebte es die Opfer zappeln zu sehen und das ausströmende Blut beim Fließen zu betrachten.

Die Elfen waren sicherlich genauso gespannt wie Kaylon, ob er sich freiwillig auf den Stein legen würde. Aminar hob eine Hand in seine Richtung, und er spürte eine seltsame Kraft. Jetzt musste er schnell sein, deuchte es Kaylon. Er überraschte die Elfen, die mit vielem, aber nicht mit dem Folgenden gerechnet hatten.

Kaylon Midwinter warf der in die Blutrobe gekleideten Elfe Schlamm in die Augen, den er beim Hinknien ergriffen hatte. Dann wandte er sich herum, und blickte in Dolch und auf den Schlagring von Tajana, die sich ihm beide bedrohlich näherten. Aber er dachte nicht an einen Angriff, den die Elfe erwartete. Er tauchte unter ihren Armen hindurch. Den ganzen Abend lang hatte er in der verborgenen Meditation Kraft gesucht, die er jetzt entfesselte.

Er packte den verdrahteten Gefangenen, der ihn nicht hatte kommen sehen. Dessen Augen waren noch wie befohlen nach unten gerichtet. Kaylon Midwinter schleifte und stieß ihn zum Altar, die verzögert auftretende Gegenwehr beendete er mit einem wuchtigen Kinnhaken. Dem Dolch Tajanas wich er auf und drehte den Gefangenen so, dass er ihm als Schild diente.

Icaara betrachtete alles. Sie machte keine Anstalten einzugreifen, sondern stand ruhig bei den Pferden. Aminar säuberte noch ihre Augen. Kaylon Midwinter hielt den sich windenden Gefangenen fest umklammert, während er ihn als Schutz vor Tajanas Attacken missbrauchte. Schließlich spürte er den Stein hinter sich, und ließ sich, den Gefangenen mitziehend, nach hinten fallen.

Kaylon spürte die Gier in sich, die entfesselte Mordlust.

»Stirb im Namen Midwinters!«, stieß er dem Mann ins Ohr, der ihm letztens in die Seite getreten hatte, und den er daraufhin zu töten geschworen hatte. Rache war eine Notwendigkeit. Der große Holzsplitter, den Kaylon Midwinter versteckt bei sich getragen hatte, drängte sich durch die Magendecke von unten hinein in den Brustkorb und brach das Herz des Mannes. Sein letzter Schrei zerriss das Fleisch seiner Lippen, die in Fetzen am Draht hingen, als er auf dem Altar des Schicksals verging, das Blut über Kaylon Midwinter in die richtigen Rinnsaale floss und sich das Mondtor offenbarte.

Die große Weite öffnete sich, jeweils zwischen zwei Steinen im Kreis bildete sich eine grün glühende Fläche. Es würde die Nacht über offen bleiben, ganze Armeen konnte man auf diese Weise transferieren. Sie marschierten dann an den Portalen vorbei in den Steinkreis hinein, um dann durch die Portale hinaus zu treten, in eine neue Welt. Die Verbindung zwischen den Welten, die große Weite, war aufgeschlossen und hatte ihren Tribut gierig aufgenommen.

ATRÎSH

Die Elfen zogen den Leichnam von ihm, nachdem das Portal geöffnet war, und Tajanas herrische Stimme schrie ihn mit gefährlich leisem Ton an: »Talshsion erven Iol!«

»Rosch talchiat ajin«, flüsterte Kaylon in seiner Erregung. Vor lauter Erschöpfung bemerkte er gar nicht, dass er der Elfe in Eshnu'Vilanus geantwortet hatte. Die Geburtssprache der Elfen, die kaum ein Mensch auch nur in Ansätzen beherrschte. Auch wie Tajana ihn daraufhin musterte, bemerkte Kaylon nicht, er hatte die Augen geschlossen.

Kaylons »Ein Kopf für ein Auge« war keine direkte Antwort auf ihren Ausspruch »Wer hat Dir das erlaubt!« gewesen, aber es war seine Begründung.

Das Mondtor war offen. Die ruhige Stimme Aminars bahnte sich ihren Weg.

»Wir gehen.«

Für den Moment lebte er. Aber er hatte gegen die Regeln dieser Elfen verstoßen, und er hatte schon sehen dürfen, wohin das führte.

Sie gingen durch das Mondtor und verließen diese Welt des Elmbundes. Sie tauchten ein in die Spirale der Farben, berührten das Ewige Licht und verließen den Tunnel der reisenden Seelen in einem Moment der Sterne.

Sie tauschten den Mond Penagramns gegen die einzelne Sonne der neuen Welt. Hier herrschte bereits die Morgendämmerung und Kaylons Augen erblickten als erstes den Sonnenaufgang. Dann gaben seine Beine nach. Gerade erst hatte er sich an die Hitze der Zwillingssonnen von Penagramn gewöhnt, da prügelte ihn die erhöhte

Schwerkraft hier zu Boden. Die Elfen schienen kein Problem damit zu haben. Er spürte bereits, wie er von Tajana gepackt und an den kalten Stein gepresst wurde. Die Tore waren hier geschlossen, ein Mondtor war eine unidirektionale Verbindung. Die schlanke Stahlklinge legte sich an seinen Hals.

Aminar legte eine Hand auf Tajana und sprach mit ihr. Die strenge Elfe verstaute ihre Waffe wieder und begab sich zu ihrem Pferd. Aminar blickte noch einmal auf den Menschen, der dort voll vom fremden Blut besudelt am Boden harrte. Sein Blut würde noch fließen. Auch sie trat an ihr Reittier und verstaute die Robe wieder.

Auch ihre Tiere schienen mit dem Wechsel der Kraft des Planeten keine Schwierigkeiten zu haben. Dennoch ritten die Elfen ein wenig langsamer. Vermutlich war auch ihnen klar, dass keiner der zwei überlebenden Menschen sonst hätte mithalten können.

Eigentlich wäre Nachtruhe nötig gewesen, aber Kaylon vermutete, dass Aminar beschlossen hatte weiterzureisen, damit Tajana ihn nicht sofort tötete. Manchmal war es besser, die Gemüter zu beruhigen. Kaylon Midwinter wusste das. Rache durfte nie sofort erfolgen, Rache musste geplant werden. Auch das war eine Notwendigkeit.

Die zwei Menschen taten ihr Bestes um mitzuhalten. Der Tod trieb ihre Beine an. Der robuste große Krieger hielt Abstand zwischen sich und Kaylon. Dem falschen Hauptmann machte das nichts aus, er war es gewöhnt, dass man Abstand zu ihm hielt.

Der Steinkreis lag auf dieser Welt in einem Feld auf einem Hügel, nicht weit entfernt konnte Kaylon Rauchwolken und die Silhouette eines Dorfes ausmachen. Es herrschte ebenfalls ein Frühlingsklima, nicht ganz so heiss wie in Penagramns. Sie schritten durch das Gras in Richtung des Dorfes. Dorfbewohner, Elfen oder Menschen, die sie trafen machten ihrer Eskorte respektvoll und scheinbar voller Angst Platz. Im Dorf bot man den Elfen auf ihren Pferden ungefragt Lebensmittel an, dabei knieten die Leute im Dreck der Straße nieder. Die Elfen nahmen sich was sie wollten und ritten ohne Worte weiter.

Gierig sah Kaylon auf die Brot- und Fleischstücke, die in den Beuteln der Elfen verschwanden. Tajana steuerte ihr Pferd in der Mitte des Dorfes ein wenig von der Gruppe weg und sprach mit einem alten Menschen. Er nickte mehrfach untertänigst, bevor er in dem Haus vor dem er stand verschwand, und erst wieder erschien, nachdem drei große Hunde vor ihm heraussprangen. Sie liefen um Tajanas Pferd herum, bevor sie Platz nahmen und aufmerksam zu der Elfe sahen.

Kaylon Midwinter glaubte zu verstehen, dass der Mann sich bedankte, auf ihre Getreuen hatte aufpassen zu dürfen. Die Elfe nickte bloß und ritt dann wieder von den Hunden gefolgt zur Gruppe. Kaylons Magen knurrte. Die Hunde waren riesig und sehr muskulös. Echte Bestien, dachte Kaylon. Von den zwei Menschen nahmen sie keine Notiz.

Sie verließen das Dorf wieder. Kaylon wurde kurz schwarz vor Augen, aber er fing sich wieder. Von seinem Mitgefangenen konnte er nicht erwarten, dass dieser ihn schleppen würde. Selbst wenn dieser das vermocht hätte, spätestens seit Kaylon den anderen Soldaten getötet hatte, war jeder Bonus verspielt.

Icaara griff in ihren Beutel und warf einige Fleischstücke hinter sich auf die Strasse. Kaylon wollte schon hinrennen –

die plötzliche Aussicht auf Nahrung hatte ihm einen Energieschub versetzt – als einer der Hunde sich ihm mit aufgerissenem Maul in den Weg stellte. Dieses Tier würde ihn mit einem einzigen Kehlbiss töten. Und Kaylon hatte nicht mehr die Kraft sich zu wehren. Die Tiere fraßen das Fleisch.

Im Geiste berechnete Kaylon, wie lange er noch zu leben hatte. Ungefähr siebzig Meter. Zwanzig konnte er noch laufen, danach waren es fünfzig Meter, bis die Magie des Giftes wirkte. Er entschied sich den Energieschub doch zu nutzen und lief. Auf der Höhe der Pferde machte er einen Sprung und brach vor den Reittieren zusammen. Er wusste, dass er nicht sprechen sollte, daher hob er bloß eine Hand. Die Hunde hatten ihn auf der Stelle eingekreist und knurrten boshaft, aber ohne Befehl schienen sie nicht anzugreifen.

Tajana sprang elegant und mit voller graziler Körperbeherrschung von ihrem Reittier. Sie beugte sich zu Kaylon Midwinter hinunter und flüsterte in sein Ohr: »Du weisst, dass Du nicht reden darfst.«

Er nickte, obwohl es keine Frage war.

»Was willst Du mir dann sagen?«

Ihm war schlecht vor Hunger. Der Dreck im Magen seit dem letzten Trinken machte es nicht besser. Er war froh nicht sprechen zu dürfen, wahrscheinlich hätte er dabei ohnehin nur Unrat erbrochen.

Kaylan deutete mit der Hand auf seinen Mund.

Ihre stahlblauen Augen schlugen in die seinen.

»Und warum sollte ich Essen an Dich vergeuden?«

Er zuckte unsicher die Schulter und versuchte besonders aufrichtig zu wirken.

»Wenigstens ehrlich«, meinte Tajana mit einem boshaften

Unterton zu Aminar und Icaara. Dann wandte sie sich wieder Kaylan zu.

»Womit willst Du bezahlen?«

Er sah sie irritiert an. Damit hatte er nicht gerechnet. Dies waren die ersten, denen das Leben eines frisch gekauften Sklaven völlig egal war. Er selbst hatte schon Sklaven getötet, weil sie ihn enttäuscht hatten, oder entbehrlich wurden. Aber doch nicht frisch nach dem Kauf, wenn man sie noch transportierte.

Sie verstand sein Schweigen und meinte: »Du musst uns Atrîsh etwas geben, wenn Du etwas bekommen willst.«

Das Wort Atrîsh kam ihm bekannt vor. Es klang wie eine Abwandlung des elfischen Wortes für Herrin. Und dann zitierte sie ihn: »Rosch talchiat ajin«.

Ein Kopf für ein Auge. Und er sah in ihren Augen, wie ernst sie das meinte.

Tajana zog eine sehr kleine leicht gebogene Klinge von irgendwo hervor. Sie ergriff seinen Arm und schob den Lederärmel beiseite. Kaylon überlegte noch, ob er etwas unternehmen sollte, als sie einen schmerzhaften Schnitt in das Fleisch seines Unterarmes vornahm.

»Für heute reicht mir etwas Blut«, sprach die Elfe kalt und ließ seinen Lebenssaft in eine Phiole tropfen. War sie etwa eine der Magierinnen, die Blut für ihre Rituale benötige? Aber Magier waren meist anders gekleidet. Sie sprang wieder voller Gewandtheit auf ihr Pferd und warf ein Fleischstück zu Boden. Die Hunde sprangen darauf zu und schnappten nach Kaylon, als er danach greifen wollte.

»Tashna!«

Die Bestien machten den Weg frei und Kaylon nahm mit zitternden Händen das gebratene Stück. Sie warf auch dem anderen Sklaven ein Stück zu, dann ritten die Elfen weiter.

Auf dieser Welt reisten sie auf den Wegen. Bei den zwei anderen Dörfern, die sie erblickten, verhielt sich die Bevölkerung ähnlich. Für die zwei Menschen gab es kein weiteres Essen, aber das bisschen Fleisch hatte ihnen neue Kraft und neue Hoffnung geschenkt. An einem Fluss, den der Weg bei einer Holzbrücke kreuzte, lagerte die Gruppe. Die Menschen, die nicht den Luxus eines Trinkschlauchs besaßen, konnten endlich wieder etwas Wasser zu sich nehmen.

Ein Stück den Fluss hinab wuschen sich die Elfen nacheinander. Nachdem Kaylon wie üblich nicht bewacht wurde, gelang es ihm einige Blicke zu erhaschen. Näher heran ging er nicht, er wollte nichts provozieren. Aber er hatte bemerkte, dass alle drei einen Ring aus schwarzen und roten Farben um ihren linken Oberarm tätowiert hatten. Und natürlich in welchem perfekten Zustand Elfenkörper waren. In Gegensatz zu denen, die er selbst schon grob und aufgezwungen benutzt hatte, waren diese drei Exemplare aber besonders drahtig trainiert.

Kaylon Midwinter war es gewöhnt Gegner und Kampfstile einzuschätzen. Er hatte häufiger bei einer Heerschau die erschienen Männer und Frauen nach Begutachtung in passende Kampftruppen eingeteilt.

Die drei Atrîsh – falls sie sich tatsächlich so nannten – waren geschaffen für den schnellen Kampf mit leichten Waffen. Sie würden nicht mit grober Kraft und Breitschwerten zuschlagen, sie glänzten stattdessen mit ihrer Geschwindigkeit und gezielten tödlichen Hieben und Stichen. Diese drei waren keine Krieger, es waren Kämpfer. Kaylon unterschied dies stets. Krieger waren Teil einer

Armee und rannten dumm auf Befehl in Kämpfe hinein. Man gewann mit Kriegern Dchlachten durch pure Personenstärke und Kraft. Kämpfer aber folgten nicht dem Trott einer Menge. Sie agierten individuell und schätzten Situationen ab. Er selbst war ein Kämpfer. Schlau genug sich zurückzuziehen und erst im richtigen Moment wieder aufzutauchen. Vielleicht waren diese drei Elfen schwerer zu schlagen, als er angenommen hatte. Sobald er das Gift los geworden war, würde er es wissen.

In der Nacht beobachtete er ein wenig die Sterne und rekapitulierte sein Wissen. Möglicherweise, so hoffte er, konnten ihm die Sternbilder helfen herauszufinden, auf welcher Welt er sich befand. Die Gestirne kamen ihm vage bekannt vor, aber er erinnerte sich nicht, zu welcher der 27 Welten sie gehörten. Wenigstens konnte er vier ausschließen. Dies war nicht Penagramn, nicht seine Heimatwelt, nicht Ivonass und nicht Lanassassis.

Aminar sah, wie er die Sterne betrachtete und sprach Tajana darauf an. Icaara sicherte gerade die Umgebung. Kaylon vernahm, wie die zwei Elfen über ihn sprachen, aber er verstand leider nicht, was sie beredeten. Er war sich sicher, dass Tajana nur auf einen Fehler von ihm wartete, um ihn dafür zu strafen, dass er gegen ihre Opferwahl verstoßen hatte. Der Mensch wusste bloß nicht, warum die Elfe ihn nicht ohne Grund tötete.

SHA'ANAAR

Schliesslich erreichten sie ihren Bestimmungsort. Die Feste Sha'anaar, der Stützpunkt des Rings. Zuerst sah Kaylon lediglich die schroffe Felsenküste. Als die Elfen von ihren Pferden abstiegen, und er und der andere Mensch aufholten, erblickte er das Meer. Die Schaumkronen tanzten auf den Wellen des von hier im Abendrot dunkelblau scheinenden Gewässers, das bis zum Horizont ragte. Und dort, vielleicht zweihundert Meter im Meer, ein riesiges Riff das aus dem Wasser herausragte und in einige gewaltige Befestigungsanlage überging.

Fünf Männer in schlichten grauen Roben traten auf ihre Gruppe zu. Kaylon war sofort alarmiert, aber die Elfen blieben entspannt. Er schätzte das Geschlecht der Mitglieder dieses Empfangskomitees lediglich an ihren Statur, die Gesichter waren unter den ganz übergezogenen nach oben spitz zulaufenden Kapuzen der grauen Roben komplett verborgen. Kleine Schlitze ließen sie durchblicken.

Die Leute sprachen die Elfen nicht an, aber knieten ehrfürchtig auf ein Knie nieder, und Kaylon konnte durch die sich dabei nach oben schiebende Robe Schwertspitzen darunter erahnen. Überall auf dem Strand sah er weitere solche Gestalten, wie eine gepunktete Linie aus Personen, die eine Grenze zogen. Sie alle knieten. Bei diesen Bewegungen meinte er das Klirren von Kettenrüstungen zu vernehmen.

Der thelanische Soldat und Kaylon Midwinter folgten den Elfen weiter ans Wasser. Die Pferde hatten sie den Männern übergeben, zwei davon folgten ihnen mit den Beuteln der

Elfen. In der Ferne sah er ein Boot von der Festung sich dem Strand nähern. Vorsichtig schritt Kaylon über das unwegsame Gestein, lediglich die letzten paar Meter des Strandes waren sandig, wenn keine Flut herrschte. Wie beim Hause Midwinter sollte er von einer solchen Festung fliehen? Ein letzten Mal wog er ab, ob er nicht doch jetzt einen Fluchtversuch starten sollte. Er hatte sich überlegt eine der Elfen im Notfall als Geisel zu nehmen und seine Freiheit zu erpressen. Den Plan durchgeführt hatte er bislang nicht, da er nicht wusste, ob sie das Gift überhaupt entfernen konnten. Er wollte diese Möglichkeit erst dann nutzen, wenn er keine andere mehr sah. Angesichts der Festung ging er seine Pro- und Contra-Liste sicherheitshalber erneut durch.

Ein Lichtblitz durchzuckte Kaylons Gedanken – »Nicht jetzt, Schwesterherz« – und er verlor die Kontrolle über seinen Körper. Er fiel auf die harten Steine.

Auch wenn die Elfen auf das Meer sahen, hatten sie sofort gespürt, dass einer der Gefangenen umgefallen war. Zwar ließen sie ihre Gefangenen stets glauben sich nicht für diese zu interessieren, aber jede ihrer Bewegungen hatten sie aufmerksam überwacht. Tajana schritt majestätisch über das schroffe Gelände und sah sich den Gefangenen an. Kaylons Schwächeanfall kam für sie nicht überraschend, immerhin hatte er wenig gegessen und getrunken und war vom Marsch geschwächt. Die Kopfwunde, die er sich an den Steinen angeschlagen hatte, wirkte nicht zu schlimm, sie würde heilen. Ihn dergleichen kurz vor der Festung zu verlieren wäre unliebsam. Sie beugte sich tief über den Bewusstlosen.

Kaylon war nicht bewusstlos. Er konnte lediglich seinen Körper nicht bewegen. Jemand nahm ihm seine Kraft. Und er wusste, um wen es sich dabei handelte. Erneut verfluchte er seine Schwester.

Tajana küsste den Gefangenen mit ihren vollen Lippen. Kaylon nahm einen süßlichen Geschmack wahr, ihren wohlklingenden Duft und die Sanftheit ihres Mundes. Bei diesem Kuss sah sie die sich bewegenden Pupillen in seinen Augen und stoppte irritiert. Als Kaylons Schwester ihn in diesem Augenblick wieder frei gab, merkte er, wie der Kuss alle Schmerzen in ihm linderte. Sein Kopf pochte nur dumpf und seine kraftlosen Muskeln schrieen ihn nicht mehr an. Selbst sein brutalst um Aufmerksamkeit schlagender Magen war verstummt.

Als Tajana sich wieder dem Meer zuwandte und bis zu den Knien ins Wasser schritt, rappelte sich Kaylon Midwinter hinter ihr wieder auf. Er presste eine Hand auf die blutende Kopfwunde und trat zu den anderen. Das von einer Gestalt wie die Männer am Strand geführte Ruderboot brachte sie zur Festung, Tajanas Hunde blieben vorerst am Strand.

Der falsche Hauptmann hoffte, dass seine Schwester jetzt in Sicherheit war. Nicht weil er sich Sorgen um sie machte, sondern um sich. Noch besser würde ihr seiner Meinung nach der Tod stehen, aber soviel Glück hatte er nicht.

Das Boot glitt durch einen Tunnel in das Riff hinein. Eine vom Meerwasser ausgespülte Höhle ging in bearbeitetes Mauerwerk über. Es ließ sich schwer erkennen, wo die Natur aufhörte und die Festung begann. Einige Algen ließen die Höhle von unten in einen unnatürlichen Schein tauchen, Kerzen an den Wänden spendeten bekannteres Licht. Das Boot legte an einem steinernen Weg an, der in Treppenstufen überging und nach oben führte. Dies war ihr Weg.

Die Empfangshalle war ein großer runder Saal. Kaylon verschaffte sich schnell einen Überblick. Hier waren

Elfenfrauen in Rüstungen wie seine Eskorte und die grau ummantelten Männer. Falls es wirklich ausnahmslos Männer waren. Sie alle standen an der Mauer des Raumes und blickten auf die eintreffende Gruppe. Der Saal lief kuppelförmig in ungefähr zehn Meter Höhe zusammen. Gute Handwerksarbeit, vielleicht hatten sich hier einst Zwerge ausgetobt. Das wagte Kaylon allerdings zu bezweifeln, denn die bekam man selten dazu, über offenes Meer zu fahren. Im Zentrum der Halle befand sich eine goldene Schale auf einem ebenfalls goldenen Podest, das silberne Verzierungen aufwies. Die Schale hatte etwa einen halben Meter Durchmesser. Die Treppe, über die sie gekommen waren, führte vielleicht fünf Meter von der Schale entfernt aus dem Boden.

»Tajana, Aminar, Icaara, Thaljan-enun«, wurden die drei Elfen von einer weitere Elfe begrüsst, deren glattes silbernes Haar Kaylon Midwinter als erstes auffiel. Sie war nicht ganz so hochgewachsen wie Tajana, aber wie auch alle anderen im Raum genauso bewaffnet. Das würde eine spannende Flucht werden, dachte Kaylon missmutig.

»Eolynys, Thaljan-enun«, erwiderte Tajana den Gruß.

Es gab einen kurzen Wortwechsel zwischen den beiden Elfen, nach einigen Worten die Kaylon glaubte zu verstehen, fragte Eolynys, wie die Reise verlaufen war.

Schließlich wandte sich Tajana den beiden Menschen zu.

»Wir werden nur einen von Euch behalten«, sprach sie in Elmôn.

»Und wie Ihr bereits wisst – oder wissen solltet, wenn Ihr es nicht vorgezogen hättet Euch fort zu wenden –«, letzteres sagte sie mit einem herausfordernden Seitenblick auf den thelanischen Krieger, »besteht der einzige Ausweg im Tod.«

Sie schritt um die leere Schale herum.

»Ihr benötigt bald das Gegengift, aber maximal einer von Euch wird es bekommen. Aminars Favorit vielleicht.«

Aminar zog eines ihrer Kurzschwerter und warf diesen Dolch vor die Füße des Soldaten.

»Mein Favorit wohl nicht«, sagte Tajana spöttisch als Anspielung auf den Zwischenfall am Mondtor, »Aber vielleicht dieser stinkende Mensch hier.«

Was sie nach ihren Worten vor seine Füße warf, entsprach ihrer Rache an Kaylon, ihre Wahl als Opfer vereitelt zu haben. Vor ihm lag die winzige Klinge, mit welcher sie ihm die Wunde am Arm geschnitten hatte. Sie sah ihn bösartig an.

Die Elfen betrachteten die beiden Menschen, die allmählich verstanden, um was für eine perfide Aufforderung sich dies handelte. Kaylon Midwinter betrachtete den anderen Sklaven abschätzend. Bislang hatte er sich überlegt, wie er den Gefangenen gewinnbringend opfern konnte. Jetzt sah er sich damit konfrontiert, darüber nachdenken zu müssen, wie er den Mann töten konnte. Der Thelanische Soldat trug wie der falsche Hauptmann seine lederne Kluft. Er war ein ganzes Stück breiter als Kaylon, und da war sicherlich nicht viel Fettgewebe. Der Mann überragte sogar die Elfen ein Stück. Kaylon erinnerte sich, wie Icaara den Mann hinter sich hergeschleift hatte, was für ihre Stärke sprach. Denn leicht war der Soldat sicher nicht. Hier auf dieser Welt noch weniger, auch wenn die Schwerkraft Kaylon Midwinter beim Laufen nicht mehr soviel ausmachte.

Kaylon bückte sich betont langsam und hob die Klinge auf. Mit Griff maß sie gerade Mal zwei Finger Länge. Der Griff war dabei länger als die Schneide und Kaylons Finger waren von normaler Größe. Das Ding in seinen Händen sollte sein Tod sein. Während der Soldat den langen Dolch aufnahm, sah Kaylon ein letztes Mal zu Tajana. Wäre der Kampf nicht bereits eingeläutet, hätte sie ihn sicherlich für diesen Affront zur Rechenschaft gezogen. So traf ihn lediglich ihr herzloser Blick.

Aminar und Tajana hatten sich in Soho jeweils einen Sklaven ausgesucht und einen weiteren Menschen mitgenommen um das Mondtor zu öffnen. Geldprobleme konnten sie allerdings nicht haben, wenn sie einen Hauptmann als Opfer ersteigerten. Einen reinen Toröffner konnte man billiger haben. Kaylon Midwinter hatte immer Bettler und Nichtsnutze vorgezogen.

Das bedeutete, dass er zumindest von einem der beiden in die engere Wahl gekommen war, und sie es sich bis zum Portal offen gehalten hatten, wer geopfert wurde. Und da Tajana dort die Wahl getroffen hatte, vermutete Kaylon, dass er in Soho ihre alternative Selektion gewesen war.

Er zuckte mit den Schultern. Es entspannte seine Muskeln und war ein körperlicher Ausspruch seiner Gedanken. Das alles war jetzt unwichtig. Er fokussierte sich auf den Thelanischen Soldaten.

Den Hauptmann hatte er auch mit einer kleinen Klinge getötet. Gut, das war ohne Kampf vonstatten gegangen. Er hatte sich von hinten an ihn herangeschlichen, als der echte Hauptmann über einen Fluss gebückt seinen Wasserschlauch auffüllte. Als dieser Kaylons Reflexion im Wasser bemerkte, hatte die Klinge bereits seine Halsschlagader durchtrennt. Kaylon war danach einfach zurückgetreten und hatte abgewartet. Der Hauptmann wollte noch auf ihn losgehen, aber Kaylon war ihm mühelos ausgewichen. Warum einen

Kampf riskieren, wenn der Sieg schon entschieden war? Nachdem der Hauptmann ausgeblutet war, hatte Kaylon ihn entkleidet und das Leder im Fluss gewaschen. Als Hauptmann zu reisen war sicherlich besser, denn wie ein Streuner zu wirken. Oder schlimmer – wie ein Midwinter.

Der Soldat schlug zweimal in die Luft um ein Gefühl für den Dolch zu bekommen und grüßte den Verräter dann militärisch. Kaylon schnaufte leicht vor zurückgehaltenem Lachen. Der Kämpfer Kaylon legte seine Hände auf seinen Rücken und wechselte die Klinge hin und her. Schließlich drehte er sie geschickt in der Hand, so dass die Schneide nicht mehr nach außen zeigte und führte beide Hände als Fäuste geschlossen wieder nach vorn. Ein Kämpfer verstand unter Ehre im Kampf immer jeden Vorteil zu nutzen. Und wenn er diese winzige Waffe gegen das Kurzschwert einsetzen sollte, dann war es sicher von Nutzen, sie verdeckt zu führen.

Er zwinkerte dem Soldaten zu und lächelte ihn an. Ein Krieger hat eine Waffe, ein Kämpfer war eine Waffe. Dazu gehörte jede kleine Bewegung, vor allem das Mienenspiel. Man besaß die Kontrolle über den Kampf, wenn man dieses Theaterstück dominierte.

Der Krieger ihm gegenüber war ein erprobter Haudegen. Ein Hüne, der mit purer Kraft im Krieg Feinde vernichtete. Der sicher aufgrund von jahrelanger Erfahrung im Kampf gewandt war und vieles einstecken konnte. Und sicherlich ein Soldat, der dachte, dass sein Hauptmann Offizier war, weil er in der Taktikbesprechung besser war als im realen Schwertkampf.

Er ahnte nicht, wen er vor sich hatte. Und Kaylon wollte dies angesichts der Elfen im Raum auch lieber nicht zugeben. Allerdings musste er wohl auf die Ausbildung seiner Familie zurückgreifen um diese Situation zu überleben.

Der Hüne griff an. Kaylon tänzelte ein wenig vor und zurück, hielt ihn auf Abstand und gab einmal vor anzugreifen. Der Dolch stieß nicht in die Luft, der Soldat hielt ihn beherrscht und konnte nicht einfach ausgetrickst werden.

Kaylon probierte es weiter. Doch der Krieger führte nur zwei Hiebe aus, und die waren sehr viel versprechend für den Soldaten. Kaylon gelang es mit Mühe auszuweichen, dabei zog er sich eine Schnittwunde am Arm zu. Trotzdem gab er nicht auf, tänzelte weiter und machte eine Finte nach der anderen. Diese waren dermaßen blamabel, dass dem Soldaten eindeutig klar war, dass es sich um Scheinangriffe handelte um ihn unvorsichtig werden zu lassen. Dies machte ihn nur wachsamer, und er griff bedachtsam an. Der Dolch kam Kaylon bei den feindlichen Attacken immer näher, während seine eigenen Scheinattacken keine Resultate erzielten. Der Soldat wechselte immer sorgfältig die Haltungen von Attacke zur Defensive.

Kaylon zog sich zwei weitere Wunden zu, eine am selben Arm wie zu Beginn, die andere am Bein. Das Tänzeln ging schwerer. Er grinste den Soldaten aufmunternd an, wie ein stolzer Hauptmann seine Untergebenen. Er fühlte den Takt der Musik, zu dem er seine Schritte machte, auch wenn kein anderer sie vernahm. Ein langsamer Takt. Zurück, Ausweichen, Ausfall, Scheinattacke. Und wieder von vorn. Er konnte die Augen schließen, der Takt würde ihn führen. Ein Stich des Dolches durchdrang die Rüstung an seinem Magen und drang aufgrund eines schnellen Sprunges nach hinten, lediglich einen Zentimeter ein.

Kaylon nickte bewundernd. Ein untadeliger, vorbildlicher Krieger. Ausfall, Scheinattacke und zurück. Die Musik sprang, und Kaylon stolperte beim Rückzug. Die Klinge des Soldaten traf ihn in der linken Schulter.

Tajana und Aminar wechselten einen Blick. Das war kein ausgewogener Kampf, dies war eine Hinrichtung. Wie immer, wenn jemand der dachte, kämpfen zu können, auf einen erfahrenen Gegner traf.

Kaylon verzog das Gesicht schmerzerfüllt, machte einen weiteren Schrittfehler, bei seinem eigentlich jetzt zum Rhythmus gehörenden Ausfall. Der Soldat nutzte seine Chance und schlug erneut auf Kaylon ein. Seine Schneide traf Kaylon am Arm, aber dies war jetzt unwichtig. Die Musik umgarnte ihn nicht mehr langsam, sondern prallte mit voller Wucht in unbarmherzigem Takt auf ihn ein. Der Kämpfer folgte wie jahrelang in unzähligen Kämpfen seinem Takt der Musik, und war nahe bei seinem Gegner, wie heute schon einige Male zuvor. Aber diesmal war es keine Scheinattacke. Kaylon beschleunigte, sein Körper tauchte unter den Armen des Soldaten hinweg und seine Fäuste schlugen in dessen Gesicht. Fingerfertig drehte sich die versteckte Klinge. Der Musik folgend, glitt er an dem sich drehenden und schreienden Gegner vorbei.

Sein Lächeln wandte sich ihm zu, das der Soldat nur noch mit einem Auge sehen konnte. Kaylon zwinkerte dem Mann zu, während er nicht in seinen Kampfbewegungen innehielt. Die Reste des Auges streifte er dem Klang der Musik in seinem Kampf folgend am Ärmel ab und zu den hämmernden Schlägen der Kampfeshymne stürmte er seinen Gegner wieder an, wie mit weit komplexeren Schrittfolgen als zu dem Auftakt der Musik. Dabei umkreiste Kaylon Midwinter den Soldaten im Uhrzeigersinn, so dass er sich immer im Schatten des zerstörten rechten Auges aufhielt. Seine Fäuste prallten auf den Gegner ein, doch er zog sie wieder rechtzeitig zurück, wich dem geschwungenen Dolch aus, und befand sich genau wie auch der Gegner an der Position, die die Musik vorgesehen hatte.

Ein Krieger gegen einen Kämpfer war ein ungleicher Kampf. Ein Krieger gegen diesen Kämpfer war eine Hinrichtung.

Die Finger Kaylons linker Hand drehten die Klinge und die Faust schlug nach der Waffenhand des Soldaten. Die Hand ohne Messer hielt rasch den Unterarm des Mannes fest. In einem kurzen Klingenwirbel wurde von Kaylon das Handgelenk des Mannes zerfetzt, und der Dolch landete auf dem Boden. Während der Kämpfer wieder vom Krieger zurückwich, gab er ihm noch einen Tritt, der den thelanischen Soldaten zu Boden schleuderte.

Tajana und Aminar sahen sich nicht mehr an, sie ließen ihre Augen wie jeder andere im Raum keinen Augenblick von diesem Kampf weichen.

Kaylon umtänzelte den muskulösen Mann. Die Musik stoppte, als sich der Krieger auf einer Linie zwischen Kaylon und dem Dolch befand. Das Gesicht des Soldaten war auf ihn gewandt, ein Auge fokussierte ihn. Kaylon lächelte freundlich zurück und deutete mit einem Nicken auf das Schwert. Der Krieger sah dankbar zurück, wandte sich und kroch zu seiner Waffe.

Ehre im Kampf ist wichtig. Für einen Kämpfer bedeutete dies jeden Vorteil zu nutzen. Denn nur der Überlebende besaß Ehre. Die Musik setzte unvermittelt wieder ein,

Kaylon tänzelte eine leise Schrittfolge an sein Ziel heran, sprang im peitschenden Schlussakkord, und durchtrennte dem Soldaten während der letzten Noten mit der Klinge den Hals.

Kuss von Sha'anaar

Als sich Kaylon Midwinter aufrichtete, sah er sich einer richtigen Bedrohung gegenüber. Tajanas blitzschnell ausgeführter gezielter Tritt zerschmetterte seinen Oberschenkelknochen. Er taumelte danach bloß noch.

Ihre Hände griffen seine momentane Waffenhand und starke Finger entwendeten die Klinge. Er schlug als Reaktion auf sie, doch sie sprang aus seiner Reichweite um direkt wieder anzugreifen. Diesmal war er vorbereitet und der kommende Schlagwechsel ging unentschieden aus. Aber ihn überraschte ihre Stärke und Schnelligkeit, die mit seiner mithalten konnte. Allerdings war zu beachten, dass es sich bei ihr um eine Elfe handelte und damit unklar war, wie viele Jahre, Jahrzehnte oder Jahrhunderte sie bereits an Kampferfahrung besaß.

Dazu kam, dass sein Zustand fern dem Ideal war. Gegen den Soldaten war das nicht schlimm gewesen, da dieser ebenfalls geschwächt gewesen war. Dass die Elfe ihn nicht rasch zu töten gedachte, war Kaylon klar. Er war erfahren genug, auch im Kampf immer klar zu denken. Hätte sie ihn einfach nur töten wollen, so würde sie ihre Waffen benutzen und nicht waffenlos auf ihn treffen.

Es dauerte einige weitere Schlagabtäusche, bis ihm klar war, dass er langsamer als sie war und immer langsamer wurde. Seine Energie reichte nicht mehr. Ihm gelang es kaum noch abzuwehren, geschweige denn selbst Treffer zu landen. So trafen ihn immer häufiger Schläge und Tritte, die seinen Zustand rapide verschlechterten.

Er bevorzugte Kämpfe mit Klingen. Mit ihnen konnte er

spielen und sie perfekt einsetzen. Im reinen Nahkampf war er nicht schlecht, aber sein noch klarer Geist erkannte, dass ihr schneller Kampfstil seinem überlegen war. Ihr gelang es durch perfekte Kombination aus Angriffswinkel, Geschwindigkeit und Timing seinen Unterarm zu brechen.

Wenn man mit einer Taktik nicht weiterkam, musste man variieren. Vielleicht hätte er auf seine Schwester zurückgreifen können, aber nach dem Vorfall am Strand zu urteilen, war sie ähnlich geschwächt wie er. Außerdem konnte er das nicht kontrollieren, es geschah, wenn es geschehen wollte.

Er ließ sich auf die Knie fallen. Dies tat im Oberschenkel blitzartig unglaublich weh, aber der Schmerz ließ dann nach. Er harrte dessen, was nun kommen würde, bereit, zur Not zu reagieren.

Tajana stoppte den Kampf. Sie schritt um ihr Opfer herum und betrachtete den verletzten Kämpfer. Dies würde für lange Zeit das letzte Mal sein, dass sie ihn in einem so guten Zustand sehen würde.

Vor seiner Front blieb sie stehen. Hinter ihm blutete der Leichnam des Soldaten aus. Sie sah auf ihn herab, während er um Atem kämpfte. Er war mitgenommener, als er noch in der Hitze des Kampfes angenommen hatte.

»Du gehörst bereits dem Ring der Sha'anaar«, sprach sie mit fester Stimme zu ihm. Sie war ruhig und kühl, als hätte der Kampf ihr Herz kein bisschen schneller schlagen lassen, sondern wäre bloß eine entspannende Übung gewesen.

»Als Ersatz für meinen Favoriten gehörst Du ab heute mir, Deiner Atrîsh. Ich bin für Dich Atrîsh Tajana. Deine Sprache wurde Dir genommen, aber hüte Dich mich in Deinen Gedanken anders zu nennen. Das Gegengift ist in der

Schale.«

Sie trat zu der Schale, aber er brauchte einen langen Moment, bis es ihm gelang ihr mit dem Kopf zu folgen. Kaylon sah, wie die Atrîsh Tajana zu der Schale trat, und eine der zahlreichen Klingen an ihrer Kleidung hervorzog. Sie schnitt sich mit ausdrucksloser Miene in den Arm, und Aminar nahm ihr die Klinge ab. Tajana ließ ihr Blut in die Schale tropfen.

»Ohne das Gegengift wirst Du sterben. Mit der Aufnahme der Flüssigkeit wirst Du an mich gebunden werden. Du hast für das Privileg davon zu trinken getötet. Rosch talchiat ajin.«

Sie trat von der Schale weg und kam einige Schritte auf Kaylon zu, so dass sie zwischen ihm und der goldenen Schale stand.

»Trink oder stirb.«

Er versuchte seinen Atem zu regulieren und sein Herz wieder unter Kontrolle zu bringen. Ein Kämpfer musste auch bei den größten Belastungen beherrscht bleiben. Vorsichtig wandte er sich möglichst schonend für seinen Oberschenkel in Richtung zur Schale. Er kroch einige Meter vorwärts und musste einen Moment pausieren. Sein Geist zwang ihn weiter, da er wusste, wie unerbittlich diese Elfen waren, doch der Körper konnte nicht mehr. Auch wenn er nicht wusste, ob sie ihr Angebot zurückzogen, wenn er zu langsam war. Vor einigen Tagen hätte Kaylon die alternativlose Option nicht als Angebot bezeichnet. Jetzt war er bereit voller bestialischer Schmerzen würdelos hinzukriechen.

Er spürte wie Tajana neben ihn trat, und für einen seltenen Augenblick überkam ihn echte Todesfurcht. Doch die Atrîsh streckte lediglich ihren Arm hinunter, packte ihn an der unverletzten Schulter und zog ihn hoch. Dann stützte sie ihn und führte ihn zu der Schale, in der sich ihr Blut mit einer silbernen Flüssigkeit verband.

»Dies wird auch das letzte Mal sein, dass Du etwas aufrecht zu Dir nimmst.«

Er stützte sich mit den Händen auf den Rand der Schale und beugte den Kopf hinab. Sie hatte ihn hergeführt. Sie wollte also nicht mehr, dass er jetzt starb. Er war der Ersatz ihres Favoriten, ihre zweite Wahl. Und nach dem Mord am Mondtor ihre erste Wahl. Vielleicht freute sie sich, dass doch ihr Favorit gewonnen hatte.

Kaylon führte den Mund an die Flüssigkeit und trank. Sie wollte das er sich hiermit an sie band. Und Kaylon wollte leben. Die leicht zähe Konsistenz der Flüssigkeit schmeckte erfrischend. Nach einigen Schlücken schwand seine Kraft, aber Tajana hielt ihn fest, bevor er zu Boden sackte. Sie drehte ihn herum. Ihre stahlblauen Augen bohrten sich in seine grünen. Es war kein Duell, er war für heute kein Gegner mehr. Auch wenn er den Blick erwiderte, nahm er seine Umwelt kaum noch richtig wahr. Dann legten sich ihre Lippen auf seine und besiegelten den Bund. Seine Schmerzen linderten sich, als der süße Geschmack des Kusses seine Nerven traf.

Nach der Berührung der Lippen ließ Atrîsh Tajana ihn ungerührt zu Boden fallen. Ein paar der sha'anaarischen Elfen eilten herbei und schleppten ihn weg. Sie entsorgten auch den Leichnam des Thelanischen Soldaten.

»Eolynys, bei Vyanheim tobt die Schlacht um Penagramn. Und Midwinter hat soeben einen neuen Herrscher nach dem Tod von Königin Aylis«, sprach eine sehr jung wirkende Elfe, während Kaylon fortgebracht wurde.

IDENTITÄT

Sie schleiften ihn über den kargen Steinboden, und er wurde in ein Verlies geworfen. Als es ihm gelang seine Augen ein wenig zu öffnen, und sich umzublicken, sah er nur Dunkelheit. Der Boden fühlte sich feucht an. Er nahm sich vor, den Ort zu untersuchen, fiel dann aber schnell in einer tiefen traumlosen Schlaf. Seine letzten Gedanken weilten bei seiner Schwester. Sie hatte es demnach endlich geschafft ihre begnadete Mutter zu töten, dazu hatte sie seine Kraft gebraucht. Herzlichen Glückwunsch, Schwesterherz. Jetzt kannst Du mir einen Gefallen tun.

Es vergingen mehrere Tage. Icaara betrat die Grotten des Lichts und schritt den felsigen Rand entlang bis zur Wassergrenze. Sie konnte tief an schroffen von der Natur geschaffenen Felsen hinabblicken, weit in die See. Irgendwo dort unten öffnete sich die Grotte ins offene Meer. Den Grund konnte sie nicht erblicken. Es ging bis zu reinster Schwärze dergleichen herunter, dass dorthin auch kein Sonnenlicht mehr reichte.

Als Mädchen hatte sie hier oft mit Tajana und Aminar getaucht. Gegenseitig hatten sie sich angespornt immer tiefer zu gelangen. Tajana war eindeutig die sportlichste von ihnen. Jetzt schwamm diese Elfe hier in der Grotte. In dieser Höhle war das Wasser wie in drei Schwimmbecken aufgeteilt die mit Kanälen an der Oberfläche und Tunneln unter Wasser verbunden waren. Tajana verbrachte hier viel Zeit, wann immer sie entspannen wollte. Wobei Entspannung nicht unbedingt zu ihrem Basisrepertoire gehörte.

Zwei Elfenmädchen schwammen hier ebenfalls. Icaara

wunderte sich, dass Tajana sie nicht trainierte und ihnen Aufgaben gab. Vielleicht aber hatten die beiden auch die Ehre erhalten hier zu warten, um Tajana nach dem Bad zu waschen. Eolynys hatte Aminar und Icaara das früher erlaubt.

Tajana bemerkte die Elfe am Rand und schwamm zu ihr. Sie zog ihren nackten Oberkörper am Rand hoch und ihr Kopf legte sich auf die verwinkelten Arme.

»Icaara, Thaljan«, bemerkte Tajana freundschaftlich.

»Tajana, Thaljan«, erwiderte Icaara und kniete am Rand nieder um Tajana näher zu sein.

Sie sprachen shalaanisch miteinander. Es war die Sprache des Rings. Sie waren zwar Elfen, aber sie fühlten sich längst nicht mehr als Teil ihrer Rasse. Sie waren vom Ring, sie waren der Ring. Sie hatten ihre eigene Kultur, ihre eigene Sprache, ihre Regeln. Shalaan'lanus war eine sehr harmonische an Eshnu'Vilanus angelehnte Sprache, die aber keine Begriffe für Emotionen kannte. Ausnahmslos die Elfendamen des Rings beherrschten Shalaan'lanus. Niemals lehrten sie einem Fremden ihre Sprache.

Icaara strich mit einem Finger beinah gedankenverloren über Tajanas Tätowierung, den Ring am Arm. Es gab nur noch wenige Lücken in Tajanas Ring, der mit Symbolen gefüllt werden wollte.

»Möchtest Du mit mir baden, Icaara?«, fragte die Elfe, deren goldenes Haar jetzt von der Feuchtigkeit dunkler und eng an ihrem Nacken lag.

»Nein, ich muss bald Eolynys helfen.«

»Warum kommst Du her?«

Icaara streichelte weiterhin über Tajanas Ring.

»Die Novizen erzielen mit der Befragung keine

Ergebnisse.«

»Danke, das Du mich informierst. Schick die Novizen zu mir. Mit dem Velaar.«

»Du willst ihn hier befragen?«

»Führe aus, was ich Dir sage«, bemerkte Tajana nachdrücklich. Icaara war nicht verstimmt, sie kannte Tajana bereits lange. Sie nickte und erhob sich.

»Ich werde es den Novizen ausrichten, bevor ich zu Eolynys gehe.«

Sie ging zum Ausgang, drehte sich aber noch einmal und sagte auf Eshnu'Vilanus: »Ich wäre sehr gern mit Dir geschwommen.«

In Shalaan'lanus hätten dafür die Wörter gefehlt.

Als die Novizen eintraten, kroch der Velaar zur Hälfte hinter ihnen her, zur anderen Hälfte wurde er an einer Leine, die an einer Halsschelle befestigt war, geschleift. Die Halskette war sein einziges Kleidungsstück. Der Bruch an seinem Oberschenkel war nicht verheilt, und sein anderes Bein war erst kürzlich ebenfalls gebrochen worden. Und einige andere Knochen. Er konnte nicht laufen, kaum kriechen. Die drei Novizen waren junge Elfenmädchen vor der Schwelle zur Frau. Sie trugen die gleichen Uniformen aus dunklem Leder, wie alle Elfen von Sha'anaar. Das Mädchen an der Spitze der Eskorte trat vor und wartete. Tajana tauchte gerade in der Grotte.

Der Velaar brach zusammen, als die Gruppe anhielt und bewegte sich nicht. Bloß sein Körper bebte ein wenig durch seine schwere Atmung. Der eiskalte Steinboden betäubte ein wenig die Schmerzen, die ihn nie wieder zu verlassen schienen.

Tajana tauchte wieder auf und bemerkte die Novizen, zog

aber noch einige Bahnen, bevor sie zum Rand glitt. Das Meerwasser war heute überaus kalt, aber das störte die Elfe nicht. Die Novizin bäumte sich stolz vor ihr auf, und Tajana erlaubte ihr mit einer Handbewegung zu sprechen.

» Tajana, Thaljan-enun«, begrüßte die Novizin die am Rand treibende Elfe förmlich.

»Ihr habt keine Ergebnisse bei der Befragung erzielt?«, bemerkte Tajana ohne Umschweife und verzichtete auf die Begrüßungsfloskel.

Der Velaar zuckte beim Klang der Stimme zusammen, er hatte sie wiedererkannt.

»Der Velaar antwortet nicht. Kein Wort bislang.«

Tajana strich sich die tropfenden Haare nach hinten.

»Was habt Ihr bislang versucht?«, fragte sie ruhig.

Die Novizin wusste, dass in der Ruhe einer Atrîsh auch ein Sturm brodelte. Sie selbst hoffte zu einer Atrîsh des Rings zu werden.

»Seit seiner Ankunft vor vier Tagen hat der Velaar keine Nahrung bekommen. Die Zeremonie begann vor drei Tagen. Er wurde mit Stöcken bis zu Frakturen geschlagen. Regelmäßig wurde er gepeitscht. Ihm wurde kein Schlaf gewährt.

Tajana nickte. Das war der erste Zyklus der Zeremonie. Die Phase der Vorbereitung. Die leichteste Phase für den Velaar.

»Und er hat nicht geredet.«

Sie fragte dies nicht, es war eine Feststellung.

»Asha, Tajana«, bestätigte die Novizin.

»Ihr solltet nur seinen Namen erfragen.«

Tajana strich sich erneut über das Haar. Die Novizin musste nicht fürchten, hier bestraft oder zurechtgewiesen zu werden. Dies geschah niemals vor einem Velaar.

»Asha, Tajana. Aber er hat nicht gesprochen. Sein Name ist mir noch unbekannt.«

»Und wieviel Zeit benötigt Ihr, bis Ihr den Namen von ihm selbst erfahrt?«, fragte die Elfe und zog sich geschmeidigt auf dem Rand. Noch in der Bewegung erhob sie sich. Das Wasser lief und tropfte von ihrem Körper. Nackt und anmutig stand sie vor der Novizin und überragte das Mädchen dabei ein Stück.

Die Novizin schaute der älteren Elfe direkt in die Augen. Bei den Angehörigen des Rings galt dies untereinander nicht als Schmähung, sondern als Respektbezeugung. Ein Velaar tat dies besser nicht.

»Tajana, das ist mir ungewiss.«

Das Mädchen war ehrlich, es ehrte sie. Falsche Angaben nur um etwas Positives zu sagen, waren Tajana zuwider. Sie trat mit leichten kraftvollen Schritten zu dem Velaar, und das Mädchen folgte ihr. Tajana beugte sich hinab und drehte den Mann auf den Rücken. Ein leises Stöhnen des Menschen begleitete dies.

Sie stützte sich auf ein Knie neben ihn, und ein paar Tropfen des salzigen Meerwassers landeten in seinen überall verteilten offenen Wunden und brannten. Er war zu kraftlos weiter zu Stöhnen. Dazu war nicht genug Luft in seinen Lungen.

Sie betrachtete den Menschen, den sie in Soho ersteigert hatte. Den Hauptmann der Thelanischen Armee. Ein Gardist. Er schien mehr auszuhalten, als sie damals vermutet hatte. Niemand sonst behielt so lange seinen Namen. Es gehörte zum ersten Zyklus der Zeremonie den Namen vom Velaar zu erfragen. Tajana sorgte sich nicht. Seinen Namen würde er ihnen mitteilen. Der erste Zyklus konnte sehr lange dauern.

»Es gibt zwei mögliche Gründe für die fehlenden Resultate«, sprach Tajana zu den drei Mädchen, während ihre Finger geschickt den Körper abtasteten. Sie untersuchte seinen Zustand. Die Augen waren geschwollen, die Lippen aufgesprungen, die Wangen rissig. Der Hinterkopf noch blutig, die Wunde vom Strand aufgeplatzt.

»Er möchte seinen Namen nicht nennen«, meinte die Atrîsh und ertastete ein zertrümmertes Schulterblatt, »oder er hat die Regel nicht zu reden verinnerlicht.«

Die Finger entdeckten einige gebrochene Rippen, starke Prellungen am Brustkorb und Armen, blutige Striemen. Die Mädchen hatten gute Arbeit geleistet. All das, und er lebte noch. Das war ein gutes Werk.

Atrîsh Tajana beugte ihren Oberkörper zu dem menschlichen Fleisch, das einst Kaylon Midwinter kontrollierte hatte, hinab. Sie führte ihre Lippen zu seinem geröteten Ohr.

»Du darfst nicht reden, aber Du solltest alle anderen Möglichkeiten nutzen, den Novizen ihre Fragen zu beantworten.«

Ihre Lippen glitten zu seinem Mund, und Tajana legte sie kurz auf die seinen. Es dauerte eine Weile, aber Kaylon konnte wieder denken. Er spürte seinen Körper. Auch die Schmerzen, aber sie waren auf ein Maß gelindert, das ihn nicht direkt in den Wahnsinn trieb. Vor allem hatte er wieder ein Minimum an Kontrolle über seine Muskeln bekommen. Als erstes atmete er bewusst, sog die kühle Luft der Grotte ein, die einen schneidenden Schmerz in seinen Lungen verursachte. Aber es fühlte sich gut an, wieder bewusst zu atmen.

Die Mädchen rissen ihn hoch, ihre Knie schlugen so heftig

in seinen Magen, dass wieder Blut aus seinem Mund sickerte. Dann warfen sie ihn zu Boden und peitschten seinen Rücken aus. Als sie stoppten, fragte eine Novizin herrisch: »Wie lautet Dein Name, Velaar?«

Er zitterte – vielleicht vor Schmerz oder wegen der Kälte. Möglicherweise auch, weil seine Muskeln nicht völlig unter seiner Kontrolle standen. Langsam, es ging nicht schneller, bewegte er einen Finger zum Mund, berührte sein eigenes Blut und begann auf den Steinboden zu schreiben. Es dauerte ewig, mehrfach musste er den Finger zu seinen Wunden führen. Jede Bewegung war eine immense Mühe.

Letztlich stand dort auf dem Boden ein Name. Tajana und die Mädchen lasen die Schriftzeichen. Tajana starrte stumm auf die Symbole.

Eine Novizin riss ihm an den Haaren den Kopf nach hinten, ein anderes Mädchen griff sein Kinn und drehte den Kopf so, dass sie direkt in seine Augen sehen konnte. Dann schaute sie wieder auf die Schriftzeichen und meinte sachlich: »Er lügt.«

Tajana wusste dies auch. Sie musste dabei weder ihr Wissen einsetzen, wie sich die Pupillen eines Menschen beim Lügen verhielten, noch wie die Schriftsymbole bei einer Unwahrheit leicht variierten. Sie wusste es allein schon aufgrund des Namens, den er in thelanischer Schrift angegeben hatte. Hauptmann Kar'andrar.

Sie trat zum Wasser und sah einige Augenblicke nachdenklich in die Grotte hinab. Die Novizen hatten keine Fehler gemacht, die Umstände waren bloß ungünstig verwoben, deuchte es ihr.

»Bitte Atrîsh Aminar hierher«, befahl sie einer der Novizinnen um dann wieder auf das Wasser zu starren. Die

Mädchen waren klug genug nicht zu antworten und achteten still auf den Velaar.

Aminar kam in ihrer Blutrobe und blickte auf den geschundenen Mann am Boden. Irritiert sah sie auf die nackte Tajana, mit der sie seit langer Zeit eng verbunden war. Diese nickte ihr lediglich zu und wandte sich an die Novizen:»Bewacht die Grotte. Niemand stört uns.«

Die Novizinnen nickten bestätigend und verabschiedeten sich auf der Stelle:» Asha, Tajana. Thaljan-enun, Tajana.«

Im Ring waren die Mitglieder Freundinnen, die loyal zu einander standen. Aber eine Novizin befolgte, was eine Atrîsh ihr aufgab. Sie postierten sich außerhalb der Grotte am Eingang.

Tajana sprach zu Aminar und informierte diese in Shalaan'lanus darüber, was geschehen war, und was sie dachte.

»Dass er kein Hauptmann ist, wussten wir ja bereits. Doch dass er versucht es weiter vorzutäuschen, ist interessant«, sinnierte Aminar.

Sie redeten einige Zeit miteinander, bevor Tajana vor den Velaar trat.

»Du bist kein thelanischer Hauptmann. Kein thelanischer Soldat verhält sich und kämpft, wie Du dies getan hast. Lüg nicht. Wisch den falschen Namen weg.«

Aminar versetzte ihm von hinten einen leichten Stoß, so dass er zu den Schriftzeichen aus seinem Blut hinunter sackte. Der Stoß war eine Aufforderung. Eine zittrige Hand verwischte die Zeichen schlecht. Sein Körper ließ sich nicht mehr richtig von ihm steuern.

»Wir werden erst Deinen falschen Namen in Dir auslöschen, dann Deinen richtigen«, bemerkte Tajana nüchtern. Dann schob ihr nasser Fuss seine Hand beiseite, als sie die Zeichen vollständig entfernte. Übrig blieb nur eine Mix aus salzigem Wasser und Blut.

Tajana packte ihn, riss ihn hoch und schleuderte den Menschen in hohem Bogen in das Meerwasser. Bereits der Aufprall brannte auf der Haut, dann brannte das Salzwasser in seinen Wunden. Doch angesichts der Tatsache, dass er unterging und dabei langsam ertrank, weil er zu Schwimmbewegungen nicht in der Lage war, traten die Schmerzen in den Hintergrund. Er sackte einige Meter tief. Das Wasser um ihn wurde von seinem Blut rot eingefärbt.

Kaylon Midwinter war dem Tode nahe. Doch dieser Zustand war konstant seit einigen Tagen. Er hätte niemals gedacht, solche Marter auszuhalten. Dennoch gab es noch einen Funken Leben in ihm. Und er wusste, dass er bloß einige Tage durchhalten musste. Einige Tage mehr würden sein Überleben sichern. Er musste dies überstehen.

Sein Körper wurde wieder an die Oberfläche geführt. Tajana hakte eine festgliedrige Metallkette an seinen Halsschmuck, und der Velaar hing im Wasser. Die leichten Wellenbewegungen im Becken der Grotte berührten ab und an sein Gesicht. Er geriet nicht in Panik. Er durfte nicht in Panik geraten. Seit dem Kuss hatte er wenigstens wieder einen denkenden Geist und winzige Teile seine Muskeln hörten auf ihn.

Als erstes versuchte er mit seinen trüben Augen zu erkennen, was geschah. Wasser lief seine Stirn hinunter und erschwerte die Sicht. Tajana trieb dicht vor ihm. Sie befestigte noch die Kette. Kaylon beherrschte den natürlichen Instinkt, sich an sie zu klammern und hob die Arme unter Mühen zur Kette hinauf. An den Gliedern hielt er sich fest. Er schaute ein wenig beiseite um nicht auf ihren nackten Körper zu sehen.

Dieser Velaar war laut seinem Zustand im Sterben, dennoch handelte er nicht wie üblich. Die anderen zappelten hier mit letzter Kraft, umarmten die Atrîsh und bettelten. Niemand hatte je sofort verstanden nicht zu reden. Niemand hatte je die Regeln befolgt. Es war immer ein langer Prozess in der Zeremonie gewesen, den Velaaren die Regeln zu verinnerlichen. Bei diesem Exemplar war es anders. Selbst ohne ihm die Regeln zu nennen, sah er nicht in ihre Augen und nicht auf ihren unverhüllten Körper.

Tajana betrachtete den ungeschützten Velaar vor sich. Dieses Exemplar kannte sich mit Regeln aus, und wusste von drakonischen Strafen, wenn man Regeln brach, als wenn er dieses Wissen mit der Mutterliebe aufgesogen hätte. Trotzdem log er.

Alle Velaaren machten viele Fehler. Sie verletzten die Regeln, teils unbedacht, teils mit Vorsatz. Manchmal, weil sie ihnen noch nicht mitgeteilt waren. Sie lernten in der Zeremonie durch die konstruktive Kritik von Sanktionen. Aber bei ihrem Namen im ersten Zyklus zu lügen, hatte Tajana nie erlebt. Der Elfe fiel es leicht, sich an der Wasseroberfläche zu halten. Sie hob das Kinn des Velaar an und führte seinen Blick zu ihrem.

»Bist Du ein thelanischer Hauptmann?«, stellte sie ihm die alles entscheidende Frage. Drei unregelmäßige Atemzüge des Velaar vergingen. Sie gönnte ihm die Zeit.

Kaylon, nur noch wenige Tage. Er musste durchhalten. Kaylon Midwinter nickte.

Tajana fühlte, wie sich ihre Hand, die das Kinn des Velaaren stützte, hoch und herunter bewegte. Drei Atemzüge der Atrîsh vergingen.

Aminar setzte sich am Beckenrand auf einen Felsbrocken und legte die Hände ineinander auf ihre Knie. Tajana hatte sie zur Beobachtung und für den Notfall hergebeten.

Atrîsh Tajana löste sich von dem Velaar und ein Blick von ihr zur felsigen Decke der Grotte, ließ die Kettenglieder erzittern, die dort oben zwischen Stalaktiten im Fels verschwand. Die Kettenglieder glühten rötlich und wie eine Stange schob sich die Kette in die Tiefe. Kaylon wurde in das eisige Wasser hinein gedrückt. Die einzelnen Kettenglieder waren jetzt eine starre Einheit, und diese beschleunigte nach unten. Vielleicht fünf Meter unter der Oberfläche hielt der Vorgang an. Kaylon ging der Sauerstoff aus.

Tajana sprang wieder an Land und trank einen Schluck aus einer kristallenen Karaffe, die auf einem glatt herausgearbeiteten Felsvorsprung stand. Dort lagen auch Stoffe und ihre Kleidung.

»Sein Name ist ihm wichtig«, bemerkte Aminar mit leiser Stimme. Durch die Akustik der Grotte konnte Tajana sie gut verstehen.

»Wichtiger als sein Leben?«, fragte Tajana, nachdem sie sich erfrischt hatte.

»Tajana, nicht jeder kann so lange die Luft ansparen«, erinnerte Aminar spitz, und Tajana funkelte sie an. Dann sprang sie mit dem Kopf voran wieder ins das Becken.

Kaylon hatte größte Mühe damit seine Furcht zu beherrschen. Und den Mund geschlossen zu halten. Irgendwann schnappen Ertrinkende immer nach Luft. Er presste die Lippen mit Gewalt aufeinander. Da wurde dem Kämpfer die Nase zugehalten und der Mund aufgedrückt.

Aber kein Wasser drang ein, sondern die dringend benötigte Luft. Ihre Lippen lagen wieder auf seinen, als sie ihn beatmete. Wieder überkam Kaylon eine schmerzlindernde und erfrischende Energie bei der Berührung, so dass er auch die grausame Kälte des Wasser mehr spürte. Nachdem wieder ein wenig Luft in seinen Lungen schlummerte, hielt sie ihm zwei Finger vor die Augen und knickte nacheinander beide ein. Dann zeigte sie auf ihn, schlug auf ihre linke Schulter, wo sich bei einem thelanischen Hauptmann die Abzeichen befanden, und nickte dem Velaar auffordernd zu. Er verstand was sie meinte und schloss die Augen um allein mit sich zu sein. Nur wenige Tage, flüsterte eine verzweifelte Stimme in seinem Innern. Er antwortete sich selbst. Zweimal zu oft habe ich sie bereits angelogen. Ein drittes Mal kostet mich das Leben. Lebe noch ein paar Tage, halte durch – und wenn es die Wahrheit kostet? Die Wahrheit durfte es nicht kosten. Aber Zeit musste er gewinnen. Er verdrängte die Verzweiflung und schüttelte letztlich den Kopf.

Die Kette löste ihre Glieder und zog ihn wieder nach oben. Hoch genug, dass seine Nase über der Oberfläche ihren Dienst tun konnte. Als sein Körper sich ein wenig entspannte, weil er dem letzten Todesszenario entkommen war, spürte er Tajanas Atem in seinem Nacken. Und ihren Körper eng an seinem, festes und warmes Fleisch.

Elfen waren immer so warm. Als er seine Truppen durch die Kälte Midwinters, gegen die Festung seiner Mutter, geführt hatte, hatte er sich des Nachts immer mit ihrem lieblichen Feuer gewärmt. Jetzt verdrängte die Elfe die Kälte des Wassers. Hoffentlich blieb sie.

Er würde einen falschen Namen nennen, einen üblichen

menschlichen Namen aus Penagramn. Das verschaffte ihm Zeit. Er musste ohnehin erst an Land gebracht werden um dort schreiben zu können, wenn er nicht reden durfte. Diese Regel zögerte alles hinaus. Ein wenig Freude breitete sich in ihm aus. Er würde nicht reden.

Die Velaaren durften nicht reden, damit sie das verloren, was sie vom Tier unterschied. Und damit sie keine Lügengespinnste woben. Antworten, die ohne Sprache gegeben wurden, waren kurz und prägnant. Und durch die Mühe, die mit ihrer Formulierung verbunden war, waren komplexe Lügen damit sehr schmerzhaft.

»Wie oft hast Du bereits ein Mondtor bereist?«

Eine neue Frage. Er hatte darauf keine Antwort vorbereitet. Dass er früher nie ein Mondtor bereist hatte, würde sie ihm nicht abnehmen, da er gewusst hatte, wie das Blut am Altar des Schicksals fließen musste. Aber das begrenzte auch seine Geschichten, denn dass ein einfacher Mensch den Zyklus der Monde vorhersagen konnte und wusste wie das Ritual auszuführen war, würden sie ihm nicht abnehmen.

Ihre Finger bohrten sich in eine offene Wunde an seiner Schulter, eine Erinnerung, dass sie sich nicht zu wiederholen gedachte und ihre Geduld ablief.

Er nahm die Hände von der Kette, und die Elfe gab ihm sicheren Halt im Wasser. Kaylon klappte seine Hände mehrfach mit gespreizten Fingern auf und zu und deutete dann ein Schulterzucken an, was angesichts seiner Position und Lage nicht einfach durchzuführen war.

Tajana verstand ihn dennoch.

»Dermaßen häufig, dass Du die Zahl nicht mehr kennst?«, fragte sie ihn auf Elmôn. Er nickte.

Die Stimme der jungen Novizin erklang am Eingang der

Grotte.

»Tajana, Icaara ist hier und bestellt Euch, das Eolynys nun auch noch Euch zu sich bittet.«

»Asha, Inaa«, rief Tajana zu dem Mädchen, die wieder an ihren Posten vor der Grotte verschwand.

»Ich muss mich von Dir trennen«, flüsterte Atrîsh Tajana ihrem Velaar zu. Er ließ sich sein Erleichterung nicht anmerken, ein weiterer Zeitgewinn.

»Ich weiss nicht, wie lange ich abwesend sein werde. Atrîsh Aminar, Seeblatt bitte.«

Die Elfe in der Blutrobe erhob sich und zog etwas aus dem Inneren ihrer Robe. Sie warf es in hohem Bogen, und Tajana fing es auf. Das grün-braune Stück wurde dem Velaar in den Mund gestopft. Sein kurzer Blick, den er hatte erhaschen können, hatte ein Bild wie eine Mischung aus einer Wurzel und Blättern eingefangen. Es schmeckte verfault.

»Schluck es.«

Etwas zu essen musste man ihm nicht zweimal sagen. Er hätte jeden Dreck zu sich genommen, solange ein winziger Funke Hoffnung bestand, dass es nahrhaft war.

»Es wird Dir Atem schenken. Ungefähr bis zur Dämmerung. Falls die Schwerthaie kommen, verhalte Dich ruhig. Sie greifen Menschen nicht an. Außer man blutet.«

Sie löste sich von ihm, und zappelnd wandte er sich und wollte nach ihr greifen. Über ihm verhärtete sich die Kette wieder.

»Aminar, wir brechen auf.«

Fast hätte Kaylon um Hilfe geschrien, als er bereits unter Wasser gepresst wurde und tiefer und tiefer drang. Weit über sich sah er Tajanas Silhouette davon schwimmen.

AGONIE

Der Kuss hatte den Nebel des Schmerzes verdrängt. Damit kamen aber auch die Gefühle seines Körpers zurück. Er konnte sich wieder bewegen, aber er war tief in der See gefangen. Die Kälte schnitt ihn, das Salz brannte. Im Wasser verweilend hoffte Kaylon, dass es sich um eine Farce handelte, ein Spiel mit seinem Verstand. Hier unten konnte man leicht das Zeitgefühl verlieren, die Elfen wollten ihn sicherlich nur quälen und würden bald wiederkommen um ihn zu befragen. Minuten vergingen wie Stunden. Das Kraut von Aminar half, er musste nicht atmen.

Aus den Minuten wurden echte Stunden, und Kaylon glaubte nicht mehr an seine erste Hoffnung. In dieser Grotte wurde es dunkler. Er konnte seine Füße nicht mehr sehen. Selbst der blutige rote Schleier um ihn hatte sich gelichtet, weggespült von der Arbeit der See.

Die ersten Haie nahm er gefasst zur Kenntnis. Er zwang sich dazu. Sie beachteten ihn nicht weiter. Er versuchte sich auf seine Geschichte zu konzentrieren, die Geschichte, die er wie auch immer bei der Befragung preisgeben wollte. Er wollte sich Mühe geben, dass die Lüge dahinter gut vertuscht wurde. Allerdings konnte er nicht nachdenken. Die eisige See vernichtete jeden längeren Gedankengang. Erfrieren musste ein schrecklicher Tod sein. Beinahe wie Ertrinken. Oder war Ertrinken schlimmer? Stundenlang kam sein Hirn immer wieder auf dies zurück, egal wie sehr er seine Gedanken in eine andere Richtung zwang.

Seine Haut war bereits an einigen Stellen leicht blau, aber das konnte er nicht sehen. Teilweise fühlte er sich, als würde er in zu enger Kleidung stecken, wie damals in dem Marsch durch die eisigen Landschaften Fyanlands. Er hatte damals einige zu zaghafte Soldaten ohne Kleidung tagsüber an Pfähle binden lassen. Sie waren dort trotz der im Sonnenschein noch über dem Gefrierpunkt liegenden Temperaturen an Erfrierungen qualvoll am Windchill verstorben. Der Effekt des Windfröstelns ist die Differenz der tatsächlichen und der wirkenden Temperatur durch die Geschwindigkeit des Windes. Kaylon konnte diesen Effekt sogar berechnen, darauf war er bereits als Kind sehr stolz gewesen.

Die Soldaten hatten alle vier Grade des eisigen Weges vor den Augen der anderen erlebt. Kaylon hatte die Truppen vor dem Hügel Aufstellung nehmen lassen, auf dem er sein Exempel statuieren ließ. Zuerst begann es mit der blassen Hautfarbe, eine Phase des puren Schmerzes. Irgendwann liefen die Menschen blaurot an und Blasen entstanden auf der Haut. Nach der zweiten Phase wurde es für die Soldaten leichter. Die dritte Phase, in der das Gewebe der Menschen abstarb ist annähernd schmerzfrei. Danach kam die Vereisung gefolgt vom Tod.

Kaylon spürte den Schmerz durch die Kälte. Er war noch nicht in der dritten Phase. Die zwei Elfenfrauen, die er zum Vergleich neben die Soldaten gehängt hatte, waren ohne Einfluss des Windchills geblieben. Ihre eigene Wärme war höher als die der Menschen. Damit hatte er selbst den gefühlvollsten Menschen in seinen Truppen gezeigt, dass sie des Nachts besser mit einem Elfen lagen. Und den Elfen deutlich gemacht, sich dabei nicht zu zieren, nachdem auch sie jetzt wussten, wie wichtiger den Soldaten plötzlich die nächtliche Wärme geworden war.

Wenn es weiterhin so schnell dunkel wurde, dann würde er aber nicht erfrieren, sondern ertrinken. Denn die schwindende Sonne war die Folge der einsetzenden Dämmerung. Und das Geschenk des langen Atmens würde nach Tajanas Worten nur bis zur Dämmerung reichen. Ertrinken unterschied sich vom Erfrierungstod. Kaylon hatte dies deutlich beobachten können, als er nach dem Marsch durch Fyanland die Festung Midwinter erobert hatte und letztlich seine Mutter in der Schüssel des Glücks – einem reich mit Juwelen besetzten Brunnen seiner Familie – niedergedrückt hatte. Rückwärts hatte er sie hingestoßen, damit er in ihre Augen sehen konnte, während er ihr Gesicht unter der Oberfläche hielt.

Ertrinken war ein Spezialfall vom generellen Ersticken. Beim Ertrinken stirbt man dank des Einatmens von Flüssigkeiten. So würde es ihm selbst vielleicht bald gehen. Erst hatte seine Mutter wie üblich versucht den Atem anzuhalten. Aber irgendwann kam der instinktive Zwang des Körpers selbst, und ihr Mund hatte sich zu seiner Befriedigung geöffnet. Dabei hatte sie das erste Wasser eingesogen, der damit verbundene Hustenkrampf hatte die Lungen nur kurz verschlossen. Diese wurden schließlich von der frischen Flüssigkeit gefüllt. Leider kam es bei seiner Mutter nicht zum letzten Akt des Ertrinkens, wenn die Muskeln des Opfers aufgrund des versiegenden Sauerstoffes nicht mehr kontrahieren können. War dies erreicht, konnte sich der Betreffende auch nicht mehr selbst aus seiner misslichen Lage befreien. Seine Mutter hatte überlebt. Hätte er sie überrascht und unter Wasser gezogen, ohne dass sie vorbereitet gewesen wäre, hätte Kaylon vielleicht mehr Glück gehabt. Dies konnte einen Schock und direkte

Bewusstlosigkeit auslösen. Bei diesem atypischen Ertrinken starben die Opfer ohne Wassereinatmung.

Die Zeit, die er sich so sehr wünschte, spielte hier unter Wasser gegen Kaylon Midwinter. Sie bot ihm zwei Alternativen, je weiter sie fortschritt. Erfrieren oder Ertrinken.

Die Stunden in dem kalten Wasser spülten den Rest seiner Selbstsicherheit und seiner Arroganz davon. Kaylon kannte die Tode, die mit seinem Aufenthalt hier verbunden waren, und er konnte nicht mehr vermeiden sie zu fürchten. Selbst einer der Haie, der abrupt nah an ihm vorbei schnellte, löste Panik aus. Konnte man unter Wasser Tränen vergießen? Natürlich, aber es wurde nicht gesehen.

Er hustete, aber hielt die Lippen verschlossen, der Atem war fort. Oder? Nein, bleib ruhig Kaylon. Gerate nicht in Panik, nicht einen Augenblick. Beherrsche Dich, Midwinter. Tief in der Schwärze des Meeres führte er Selbstgespräche und verlor den Verstand. Da war noch Atem. Keine Panik. Aber die Sonne hatte ihn verlassen. Selbst ein Blick nach oben ließ nichts mehr erkennen, bloße Dunkelheit. Erneut setzte der Atem aus.

Nach dem Schlucken des Seeblatts war alles von allein gegangen. Die Atmung war einfach da, woher auch immer sie kam. Jetzt verließ sie ihn.

Nein, Kaylon, das bildest Du Dir nur ein. Beherrsche Dich endlich. Er hustete ein weiteres Mal. Diesmal öffnete sich dabei der Mund, und Flüssigkeit drang ein. Wasseraspiration, sein Ende. Der feuchte Tod drang in seine Lunge.

Starke Arme umfingen ihn und umschlossen ihn fest. Fordernde Lippen fanden ihren Weg, noch bevor das Wasser wahrlich seinen Weg fand und legte sich Hilfe bietend auf die seinen. Die natürliche Wärme des Elfenkörpers umgarnte ihn. Er ließ die Kette los und umklammerte den Körper, als natürlicher Mechanismus nach Schutz greifend. Die Kette zog sie beide nach oben, seine Halsschelle schnitt ein wenig in seinen Körper, in die von Kerzen beschienene gruselige Atmosphäre der Grotte.

MIDWINTER

Tajana war sehr aufgewühlt, als sie mit Aminar zurückkehrte. Icaara stand von dem Felsbrocken auf, auf dem Aminar vorher verweilt hatte, als sie die beiden anderen Elfen kommen sah. Sie war wieder voll bekleidet und abgetrocknet, nachdem sie vor etwa einer Stunde durch das dunkle Wasser geschwommen war und neben den Schwerthaien getaucht hatte. Ihr braunes Haar lag in ihren Locken auf den Schultern.

»Ihr seid zu früh, noch lebt er«, meinte sie ein wenig schnippisch zu den beiden, während sie eine Klinge, die sie um die Zeit zu nutzen geschärft hatte, in ihrer Kleidung verstaute.

Tajana winkte ab und sprang direkt ins Wasser. Fragend blickte Icaara auf Aminar. Icaara wusste, was das Problem war, aber nicht was die beiden in den letzten Stunden mit Eolynys beschlossen hatten. Tajana hatte sie in die Grotte geschickt. Unbemerkt hatte Icaara hier gewacht.

»Und?«, fragte die jüngste der drei Elfenfrauen Aminar. Aminar lächelte seicht. Icaara liebte dieses Lächeln. Ihre Vertraute war eine der wenigen Mitglieder des Ringes, die Lächeln schenkten.

»Wir haben diese Nacht Zeit«, sagte Aminar ernst zu der Wächterin.

»Eine Nacht«, wiederholte Icaara und sah hinab in die Tiefe der Grotte. Beide wussten, dass sie sonst unbegrenzt Zeit hatten.

»Ja, aber wir beenden nur den ersten Zyklus«, fügte Aminar hinzu und strich sich durch ihr dichtes schwarzes

Haar.

Die zwei Körper erreichten die Oberfläche. Tajanas Lippen ließen den Velaar frei, was ein wenig mühevoll war, da dieser sich eng an sie klammerte. Sie riss sich los, tauchte unter ihm hinweg und umarmte ihn an seinen Rücken gedrängt. Er zappelte, aber sie fixierte ihn.

Es dauerte. Er war voller Panik und hätte um sich geschlagen, wenn sie ihn nicht gehalten hätte. Auch schrie er, aber es klang nicht aggressiv, mehr wie ein Winseln und Schluchzen. Das waren Reaktionen, die sie kannte. Sie hatte schon viele andere vor ihm gebrochen.

Irgendwann beruhigte sich der Velaar und erschlaffte in ihren Armen. Sie gab ihm noch einige Momente der Stille in ihrer unendlichen Güte. Dann sprach sie ihn an. Diesmal sprach sie nicht Elmôn sondern Eshnu'Vilanus. Sie wusste, dass er die Sprache beherrschte, nachdem er ihr in seiner Erregung nach dem Mord an dem Soldaten am Mondtor mit den nur wenigen Menschen bekannten Worten geantwortet hatte.

»Wir werden das jetzt beschleunigen. Ich habe nur begrenzt Zeit und kann in den nächsten Stunden nur wenige Minuten aufbringen. Ich habe einige Fragen, und ich stelle die nachfolgende immer erst nach einer zufrieden stellenden Antwort.«

Sein Kopf sackte vor ins Wasser, und sie zog ihn wieder zurück. Sie schmiegte ihren Körper noch fester an ihn um ihm mehr der erforderlichen Lebenswärme zu geben.

Wie war die Geschichte, die er sich ausgedacht hatte? Kaylon versuchte seinen Geist zu reaktivieren.

»Wegen dieses besonderen Umstandes gewähre ich Dir, in Eshnu'Vilanus zu antworten. Ich erwarte präzise kurze

Antworten. Wenn Du die blumige Sprache der Elfen nutzt um verspielte Sätze zu bilden, werde ich Dir beibringen, wie Du zu sprechen hast.«

Er legte seine Arme auf ihren linken Unterarm, der an seine Brust gepresst war. Nicht um sie zu attackieren, bloß um mehr Wärme von Tajana zu empfangen. Sie hätte ihn jetzt wieder ins Wasser sacken lassen können, da er sich nicht an der Kette festhielt, aber das tat sie nicht.

»Wie alt in Jahren Deiner Heimat bist Du?«

Er wartete einige Sekunden, zwang sich wieder dazu Zeit zu gewinnen. Sie bemerkte: »Du hast mich nicht richtig verstanden. Ich habe nur wenig Zeit. Das bedeutet, Du hast nur wenig Zeit. Wenn ich Dich verlasse, bleibst Du hier. Und wenn wir in den wenigen Pausen, die ich mir für Dich erübrigen kann meine Fragen nicht beantworten, werde ich nicht mehr zurückkommen.«

Diesmal stellte er sich gegen die Stimme in seinem Inneren, die nicht mehr laut genug ihre Argumente hervorbringen konnte.

»Ashand enun allan-qua.«

Er konnte Icaara und Aminar nicht sehen, die in seinem Rücken in der Höhle standen und zuhörten. Icaara schüttelte mit einem Seitenblick zu Aminar ihren Kopf.

»Ich sagte präzise und kurz«, flüsterte Tajana in sein Ohr.

»Aber ich werde Dich gern die Sprache meiner Geburt lehren. Es ist Deine Zeit, die Du opferst. Zähle!«

Er spürte, wie sich eine Klinge in seine Seite bohrte. Nicht tief, aber schmerzhaft trieb Tajana sie in das wunde gerade wieder gewärmte Fleisch.

Er schrie: »Inu«.

»Asha. Sehr gut, Velaar.«

Sie stieß wieder zu.

»Dor!«

»Du lernst schnell. Jetzt sind es nur noch dreiundzwanzig.«

Tajana stand zu ihrem Wort. Er schrie alle Zahlen zu jedem neuen Stich aus sich heraus, bis hin zur letzten »Allan-qua!«

»Muss ich Dir noch mehr Wörter beibringen?«

Tränen und Meerwasser mischten sich auf seinem Gesicht.

»Nein«, hörte sie ihn schluchzen. Das ganze Leid der letzten Tage sprach aus ihm.

»Nein? Nein wer?«

Er verstand sofort die Drohung in ihrer Stimme.

»Nein, Atrîsh Tajana.«

»An welchem Datum hast Du Penagramn betreten, Velaar«, folgte auf der Stelle ihre nächste Frage. Die Stimme in seinem Inneren wollte noch nachdenken, was sie mit der Frage bezweckte, als er schon das Datum in Eshnu'Vilanus stammelte. Die Warnung der Stimme kam zu spät: sie würde ableiten können, woher er durch das Mondtor kam. Nicht wichtig, beruhigte sich Kaylon. Er war auf vielen Welten gewesen, seitdem er die Heimat verlassen hatte. Trotzdem, jede wahre Information bot Gefahr. Jede wahre Informationen sicherte sein Überleben.

»Wann geschah…«

Ein Ruf von Icaara unterbrach die Atrîsh. Tajana hielt in der Befragung inne und ließ den Velaar los. Kaylon trudelte einen Augenblick hilflos im Wasser, bevor es ihm gelang sich selbst wieder an der Kette festzuhalten.

Er hatte nicht gesehen, dass Tajana vor dem Ruf Icaaras dieser ein Zeichen gegeben hatte. Seine Atrîsh drehte sich erneut zu ihm, stopfte ihm die Fäulnis verbreitenden Pflanze in den Mund, und die erneut ein wenig rot glühende Kette beförderte ihn zu seinem Entsetzen in die Tiefe.

Eine der Novizen trat auf einen Wink herein und stellte ein silbernes Tablett und exzellent zubereitete Speisen ab. Unsicher sah sie auf die erfahrenen Elfen. Icaara dankte ihr und entließ das Mädchen wieder.

Tajana schaute auf die Stundenkerze an der Wand. Sie war auf Penagramn gefertigt worden. Sie wusste, das dem Velaar die Zeit dort unten ewig vorkommen würde.

Als Kaylon Midwinter wieder zurück an die Oberfläche geholt wurde, war sein Körper erneut unterkühlt. Beinahe dankbar genoss er Atrîsh Tajanas Wärme.

»Welcher Mond ist Pate Deiner Geburt?«

Er kannte viele Monde des Elmbunds mit Namen. Diesmal warnte ihn aber die Stimme tief in ihm vor einer Lüge. Denn würde sie nach dem Datum seiner Geburt fragen, konnte eine Kundige errechnen, ob der Mond wirklich in seiner Blüte der Pate aller Neugeborenen des zum Mond gehörigen Planeten an dem Tag war. Auch wenn er die Monde kannte, wusste er nicht einfach, an welchem Datum auf welchem der Planeten ein Mond Pate war.

Ergeben gab er schließlich zu: »Dali'm, Atrîsh Tajana.«

Seine Stimme war lasch und kraftlos.

»Und welcher Mond war dabei Secundo?«

Der Secundo war der korrespondierende Mond des zum Geburtsort nächsten Mondtores an dem Datum. Die Monddeuterei war komplex, allzu genau kannte auch Kaylon diese Wissenschaft nicht. Aber wie der allergrößte Anteil der Einwohner des Elmbund kannte er seinen Paten und seinen Secundo. Mit der Antwort würde das Datum seiner Geburt weiter stark eingeschränkt werden.

»Dephanies von Eyvengro, Atrîsh Tajana.«

»Du bist demnach im Spätwinter geboren?«

Sie war begabter, als er in seinen klaren Momenten befürchtet hatte. Aber sein Geist starb da unten im Meer immer mehr ab, so wie jegliche Gegenwehr.

»Ja, Atrîsh Tajana.«

»Magst Du mich, Velaar?«

Er stockte. Sie konnte die Verwirrung auf seinem Gesicht nicht sehen, aber ahnen.

Aminars Stimme kam jeder Antwort zuvor: »Tajana, wir brauchen Euch wieder dringend.«

Er öffnete den Mund um zu rufen, sie stopfte wieder das Seeblatt hinein, und er verschwand in der Kälte.

Tajana trocknete sich ab und schlüpfte in die Robe, die Icaara ihr reichte.

»Denkst Du, das ist der richtige Weg?«, meinte Aminar.

»Es soll ja auch Spaß machen«, erwiderte Tajana knapp angebunden und ließ zu, dass Icaara sie umarmte um das Wasser mit ihrer Wärme zu verdrängen. Beide wussten, dass dies nicht notwendig war, aber Tajana hatte sich abgewöhnt die jüngere Elfe darauf hinzuweisen. Sie gönnte Icaara dieses für sie notwendige Ritual.

Bei Kaylons nächster Rückkehr zur Oberfläche, erwartete ihn nur ein Wärme spendender Körper, aber keine Stimme. Tajana fragte ihn nichts. Es dauerte, bis er das verstand, das Denken fiel so schwer.

»Ja, Atrîsh Tajana.«

»Du sollst doch nicht Lügen«, bemerkte sie ernst. Amninars Schmunzeln konnte er nicht sehen.

Er stotterte: »Ich lüge nicht wirk…«, doch sie unterbrach ihn: »Schon gut, ich bin nicht böse. Sag mir, was Du magst.«

Er schloss die Augen, trieb im Wasser in ihren Armen und

war so einen Moment lang fern aller Schmerzen. Sie blieb eng bei ihm, als er still einige Atemzüge verharrte.

»Eure Stimme, Eure Wärme. Die Berührung Eurer Lippen. Eure Nähe, Atrîsh Tajana.«

Auch das war ehrlich. Vielleicht verstand der Velaar noch nicht die Bedeutung dahinter, aber sie wusste, dass er die Wahrheit sagte. Alle Dinge, die er genannt hatte, waren Faktoren, mit denen sie positiv auf ihn wirken konnte. Er war auf sie geprägt, sie waren verbunden.

Sie hatte schon einige Menschen geprägt und die Zeremonie mit ihnen geleitet. Es war oft einfacher gewesen, aber er war zweifelsfrei verbunden, auch wenn der erste Zyklus noch nicht erfolgreich abgeschlossen war.

Die alles entscheidende Frage und seine Antwort stand noch aus. Die Frage, die sie sie ihm einzig nicht stellen würde. Sie stellte stattdessen andere Fragen.

»Hast Du bereits vor Deiner Sklavenschaft Menschen getötet?«

»Ja, Atrîsh Tajana«, antwortete er ohne nachzudenken. Er war völlig auf die Nähe zu ihrem Körper konzentriert. Der Velaar verlor allmählich seine vorherige Identität. Sie war eine Meisterin dabei, dies so schnell zu erreichen.

»Auch Zwerge?«

»Asha, Atrîsh Tajana.«

»Hast Du Elfen getötet?«

Sie hörte ihn schluchzen und strich mit den Fingern sanft über seine Brust. Tajana wusste, dass dies einen wohligen Schauer hervorrufen würde. Es erleichterte ihm zu antworten.

»Asha, Atrîsh Tajana.«

Er versuchte nicht, es schön zu reden oder sie mit

Begründungen zu überhäufen. Er antwortete wie verlangt präzise und knapp. Aminar lächelte Icaara an.

»Hälst Du Dich für besser als das übliche menschliche Pack?«

»Asha, Atrîsh Tajana«, entfleuchte es leise und kleinlaut seinem Mund.

»Wenn ich diese Grotte mit Deinem Blut tränke, wirst Du Dich erwehren können?«

Diese Frage schreckte den verstummten Geist in seinem Körper wieder auf. Er musste kämpfen.

»Nein, Atrîsh Tajana«, erwiderte Kaylon, denn es war die Wahrheit.

»Ich habe so viele Fragen. Ob wir diese bei diesem Tempo schaffen, ist fraglich.«

Aminars Robe raschelte ungehört, als sie sich vom Felsen erhob und die schwimmende Elfe erneut rief.

Die Arme des Velaar, die sich wie zuvor an den Unterarm der Elfe geschmiegt hatten, versuchten sie ohne vorhandene Kraft festzuhalten. Sie hätte diese mit einem Wimpernschlag entfernen können. Tajana schenkte ihm einen kurzen Augenblick, bevor sie sich befreite.

Er war allein, Wasser bereits zwischen seinem verletzlichen Körper und der Mildtätigkeit ihrer Wärme. Ihre Obhut verließ ihn. Dabei wusste er genau, was der Schlüssel zu allem war, was sie wissen wollte. Er konnte es beenden. Auch wenn er gegen eine Regel verstoßen musste. Oder war es kein Verstoß, nachdem die Frage ihm bereits gestellt worden war, nur nicht von ihr?

»Kaylon Midwinter. Ich bin Kaylon Midwinter«, prasselten die Worte aus ihm heraus, und die Stimme der Vernunft in ihm schrie voller Entsetzen.

Er spürte Tajana wieder in seinem Rücken. Ein Gefühl, das er niemals wieder verlieren wollte. Dann vernahm er ihr ruhiges Flüstern: »Ich weiss.«

Sie löste ihn von der Kette, und irgendwann fand sich Kaylon auf dem ungeschliffenen Fels der Grotte wieder. Zusammengekrümmt dort liegend schluchzte er und wurde von Hustenkrämpfen durchschüttelt. Blut sickerte aus seinem Mund.

Der erste Zeremonienzyklus war beendet. Der Zyklus forderte, dass der Velaar das Geheimnis, dass er am meisten suchte zu beschützen, seiner Atrîsh ungefragt offenbarte. Dabei war es unwichtig, ob die Atrîsh schon Kenntnis davon hatte, solange der Velaar glaubte sein Geheimnis weiter sichern zu müssen. Manche Atrîsh begleiteten ihren Velaar den ganzen Weg der Zeremonie, die erfahrenen bevorzugten es, Novizen Teile der Arbeit machen zu lassen. Die Mädchen hatten die Ehre, so lange die Befragung durchzuführen, bis sie an eine Stelle gelangten, an der jede Antwort zurückgehalten wurde. Bei diesem Velaar war das sehr früh passiert.

Als Aminar, Icaara und Tajana einst eine Befragung gemeinsam als Novizen begangen hatten, war es Aminar sehr zum Unwillen der Atrîsh des damaligen Velaar gelungen, dessen Geheimnis zu erfahren. Ungewollt war die Novizin damit weit vor ihren Gefährten und vor dem vorbestimmten Zeitpunkt selbst zur Atrîsh geworden. Es hatte sie schnell reifen lassen. Noch heute wirkte Aminar wie die erfahrenste und weiseste der drei Elfenfrauen.

Icaara fühlte den Puls des Velaar und prüfte seine Atmung.

»Was geschieht jetzt, Tajana«, fragte Aminar auf Shalaan'lanus während Icaara den geschundenen Körper abtastete. Sie ging dabei nicht behutsam vor, aber auch nicht absichtlich grob.

»Seine Schwester wird sich freuen, doch nicht die ganze Nacht warten zu müssen. Wir bringen ihn hin«, erwiderte Tajana energisch, während ihr schlanker Körper zu ihrer Kleidung trat. Sie trocknete sich ab.

Kaylon vernahm Icaaras Stimme, die in der Geburtssprache der Elfen zu ihm sprach: »Du darfst jetzt reden. Aber überspanne unsere Geduld nicht.«

Seine Knochenbrüche waren schlimm, auch die Vielzahl an offenen Wunden.

»Erlösung wartet ohne Tod. Deine Schwester ist da«, teilte Icaara dem schlotternden Bündel mit. Sie spürte, wie er plötzlich trotz aller Bewegungsunfähigkeit nervös wurde. Seine Muskeln krampften ein wenig. Der Velaar bewegte ganz leicht den Mund, aber kein Ton drang heraus.

»Tajana, er braucht Dich«, sagte Icaara.

Tajana, die gerade den Stoff zum Abtrocknen gegen ihre Kleidung getauscht hatte, wandte ihre ausgeprägten Schultern und schaute herüber.

»Du darfst sprechen, Velaar.«

»Er braucht Dich und Deine Wärme, ...«, äußerte die gelockte Icaara erneut ihre Meinung, als sie die Stimme des Mannes leise vernahm.

»Meine Schwester?«

Seit Tagen hatte er auf seine Befreiung durch seine Schwester gewartet.

»Ja, sie ist hier«, teilte Icaara ihm mit.

»Nein«, heulte er. Sie sollte ihn befreien, aber doch nicht selbst erscheinen. Nicht in seinem Zustand. Sie durfte ihn nicht erblicken. Er war aus Midwinter in einem besseren

Zustand geflohen, weil er ihr so nicht hatte entgegen treten wollen.

»Tajana«, rief Icaara verwirrt die Atrîsh des Velaar. Die angesprochene Elfe seufzte missmutig und trat zu dem Velaar, während sie sich ihre lederne Hose über die straffen Beine zog.

»Sprich«, forderte sie ihn energisch auf. Er kannte den Klang ihrer Stimme und wusste, dass es seine Atrîsh war. Abgehakt stammelte er mit viel zu wenig Atem: »Sie darf mich so nicht sehen.«

Er bekam einen gewaltigen Tritt in die Seite. Tajana hatte ihn nur leicht angestupst, aber durch den angegriffenen Körper war der Effekt weit verstärkt.

»Sie wird mich töten, Atrîsh Tajana.«

Die drei Elfenfrauen tauschten Blicke aus, und Tajana zog sich weiter an. Der Velaar blieb still und tankte wieder Energie. Danach, in Leder verhüllt, kniete Tajana sich zu ihm.

»Bist Du bereit zu bezahlen?«

Der Erbe der Midwinter wusste instinktiv, dass diese Frage ein Angebot war. Ein kaum sichtbares Kopfnicken war seine Antwort. Er konnte nicht mehr reden.

Aminar beobachtete Tajana scharf. Ihre Schwester war eine Kämpferin, aber auch eine Taktikerin. Sie würde einen langen Sieg immer einem schnellen Gewinn vorziehen. Seine Identität besaß sie durch Vollendung des ersten Zyklus bereits.

»Dann verlange ich von Dir zurückzukehren, sobald Du das möchtest. Nicht früher. Wenn Du Dich danach sehnst, wirst Du hier Empfang finden.«

Die Atrîsh rief den Novizen vor der Grotte zu: »Bringt ihn

in mein Gemach.«

Zu Icaara und Aminar murmelte sie: »Er braucht mich und meine Wärme.«

DIE GESCHWISTER

Kaylon war in großen Teilen in Stoffstreifen gehüllt, die seine Wunden verbanden. Er nutze einen Stock beim Laufen, der letzte Beinbruch war noch nicht verheilt. Sein Gesicht war mit leichten Narben verziert.

Die paar Stunden bis zum Morgengrauen hatte er in Tajanas Gemach verbracht. Er hatte es nicht betrachten können, die meiste Zeit über hatte Kaylon seine Augen geschlossen gehalten. Er erinnerte sich an den sanften Schein einer Kerze. Die Novizen hatten ihn auf den Fußboden gelegt. Der Boden war nicht hart, sondern weich und angenehm gewesen. Ein Tierfell vermutlich. Die Wärme eines Feuers war auch in der Nähe gewesen, es prasselte entfernt. Tajana hatte sich zu ihm gelegt, er hatte ihre Wärme gespürt. Ihr Körper hatte sich vor den seinen geschmiegt, ihre Lippen hatte Tajana auf die seinen gelegt, immer wieder in der Nacht. So waren sie ansonsten regungslos unter einem warmen Fell geblieben. Kaylon hatte nicht verstanden was passierte, niemals hatte er derart mit einer Frau gelegen. Aber ihre Lippen linderten wie ihre Wärme den Schmerz und sein Körper heilte.

Irgendwann in der Nacht war er eingeschlafen. Als er erwachte, war er bereits in einem anderen Raum und Elfenmädchen verbanden seine Wunden.

Jetzt schritt er zwar unter Schmerzen aber mit beherrschtem Blick in einen quadratischen Saal. Die Wände waren mit geographischen Karten, Planetenskizzen und Regalen gefüllt mit unzähligen Pergamenten und in Leder und Stoffen gebundenen Büchern versehen.

An einem der Regale stand seine Schwester neben der Kaylon bekannten Elfendame in der Blutrobe. Aminar entrollte ein Pergament und zeigte es der Menschenfrau, die interessiert darauf sah. Kaylon erblickte auch den Hofstaat seiner Schwester, die Leibgarde der Midwinter. Zumindest den Teil, den er nicht abgeschlachtet hatte, als er seine Mutter angegriffen hatte. Unter den Gardisten war auch der Mann, der sein Schwert in Kaylons Rücken gebohrt hatte, kurz bevor die Königen ihr Leben ausgehaucht hätte. Ein Mann namens Galanor. Familienvater, zwei Kinder. Kaylon wusste alles über ihn, er hatte noch diese Rechnung mit ihm offen.

Die Leibgarde bestand aus Kämpfern und Magiern und war nicht zu unterschätzen. Auch ohne weitere Armeen konnten sie ganze Städte in Schutt legen und Asche tauchen. Und jetzt war seine Schwester die Königin.

Kaylon sah sich nach Tajana um, aber er konnte nur zwei unbekannte Elfen des Ringes und Aminar in der Bibliothek ausmachen. Seine Schwester war ihm mit dem Rücken zugewandt, aber sie hatte sein Eintreffen bemerkt. Sie war eine Midwinter.

»Sei gegrüßt Schwesterherz. Ich gratuliere.«

Sie dankte Aminar, ihr das Pergament gezeigt zu haben und drehte sich dann zu ihrem wenige Minuten jüngeren Zwillingsbruder um. Ihr braunes Haar fiel sanft auf ihre Schultern. Es war weniger gelockt als bei der elfischen Schönheit Icaara. Gleiche grüne Augenpaare prallten aufeinander.

»Sei gegrüßt, mein Bruder. Es freut mich Dich wohlauf zu sehen. Ich versprach unserer Mutter Dir ihre letzten Grüße zu übermitteln. Das sei hiermit geschehen.«

Die Augen funkelten sich an. Kaylon sehnte sich nach einem Bett. Hunger verspürte er im Augenblick nicht. Er wusste nicht, was Tajanas Aura in der Nacht mit ihm gemacht hatte, aber es hatte auch den Hunger erstmal gestillt.

»Hab Dank dafür, Maylin.«

Er trat näher auf sie zu und bemerkte die misstrauischen Blicke der Gardisten. Aber seine Schwester lächelte freundlich, ging ihm entgegen und schloss Kaylon in ihre Arme. Sicherlich um seinen Zustand zu überprüfen. Nach der Umarmung ließ sie ihn wieder los und trat zurück.

»Ich werde Dir einige Gardisten zum Schutz zuweisen«, stellte sie fest und schnippte mit den Fingern.

»Mir geht es sehr gut, das ist unnötig. Aber hab vielen Dank«, reagierte Kaylon kalt. Er fühlte Aminars Blick auf sich.

»Ich kann doch nicht zulassen, dass dem Erben von Midwinter Gefahr droht, mein Bruder«, überspielte sie seine Bemerkung.

Er hatte seine Mutter töten wollen, um den Thron einzunehmen. Der frühere König von Midwinter war längst gestorben, er fiel in einer Schlacht. Er gehörte zu den wenigen Herrschern von Midwinter, die nicht von ihren Kinder gemordet wurden. Es war Brauch, dass sich ein Erbe würdig erwies, in dem er den Herrscher tötete. Bei seiner Mutter wäre dies Kaylon beinah gelungen. Kein Midwinter würde die Kinder töten, das verstieß gegen die Erbfolge. Vernichtet von der Klinge in seinem Rücken, hatte seine Mutter ihn zu den Heilern geschickt. Sobald er in der Lage war zu reisen, floh er von Midwinter. Er hatte Sorge, dass seine Schwester die Gunst der Stunde nutzte und gegen ihn antrat.

Jetzt war es Maylin gelungen, die Herrscherin zu töten und damit die Krone zu ergreifen. Aber Maylin Midwinter hatte selbst noch keine Kinder, daher war Kaylon immer noch Erbe. Sie würde ihn nicht leben lassen. Er stellte eine Gefahr dar. Erst wenn sie selbst Mutter würde, wäre sein Anspruch auf den Thron erloschen. Auch die Kinder zu töten hätte ihm nicht geholfen, sondern nur die Ära der Midwinter-Herrschaft beendet. Wäre er in seinem gestrigen Zustand hier erschienen, hätte Maylin ihm auf der Stelle die Kehle aufgeschlitzt. Kaylons Misstrauen gegen seine Schwester war immens.

Drei Gardisten traten je einen Meter näher an ihn heran und verneigten den Kopf. Das waren jetzt wohl seine Gardisten.

»Zeit abzureisen, mein Bruder. Deine Heimat wartet. Der Palast von Elassus wird Dir gefallen.«

Sie hatte tatsächlich die Nerven, den Namen des Palastes hier vor Elfen zu erwähnen. Der größte Mord an Elfen hatte stattgefunden, um das ehemalige Elassus von deren Dasein zu löschen und auf die Stelle der alten heiligen Elfenstadt den Palast von Midwinter zu errichten. Doch die Elfen des Rings zeigten keine Reaktion.

»Die Barke wird Euch an Land bringen«, sprach Aminar zu Maylin Midwinter und bot an sie zu geleiten. Maylin und ihre Eskorte verließen die Bibliothek. Aminar hielt Kaylon am Arm zurück. Er sah sie mit gesenktem Blick an.

»Wir nahmen Dir Deine Identität. Aber einst werden wir sie Dir zurückgeben. Dies hier leihen wir Dir, bis Du es nicht mehr benötigst«, wisperte sie ihm mit ihrer klangvollen Stimme zu. Er nahm das in braunes Leder eingewickelte Bündel. Es war ein langer Dolch in einer Scheide, ein elfisches Kurzschwert, wie sie Tajana trug. Aminar drückte ihm auch die Klinge in die Hand, mit der er den thelanischen Soldaten gerichtet hatte.

Zuerst entließ sie ihn, aber als er durch die Tür der Bibliothek gehen wollte, raunte sie ihm noch etwas zu: »An Tajanas Seite droht Dir nicht der Tod, sondern die Erlösung, Midwinter!«

DER PALAST VON ELASSUS

Kaylon wurde auf der Reise nicht gemeuchelt. Seine Schwester griff ihn nicht an. Es galt, dass ein Erbe die Herrscher eigenhändig töten musste. Der Erbe musste sich damit des Throns würdig beweisen. Maylin plauderte bei jeder Gelegenheit während der Rast mit ihm über allerlei Nebensächlichkeiten, und er hatte die kleine Klinge stets in unmittelbarer Reichweite.

Im Gegensatz zu ihrer Mutter, hatte sich Maylin dazu entschlossen, den neuen Hauptpalast der Familie als ihren Herrschaftssitz zu nutzen. Ihre Mutter hatte sich in den letzten Jahren in die Festung Midwinter im Fyanland ihrer Welt zurückgezogen. Es war der traditionelle Stammsitz der Familie, und ihre Mutter dachte sich von dort aus besser gegen ihre in Elassus verbliebenen erwachsen werdenden Kinder erwehren zu können. Es hatte ihr vielleicht einige Lebensjahre mehr verschafft.

Im Gegensatz zur mächtigen Festung im Eis, war der Palast aus den Bestandteilen des früheren Elfensitzes erschaffen worden. Importierte Elfensklaven hatten ihren Teil dazu beitragen müssen, aus den Ruinen ihres Volkes den Palast zu formen. Von den ursprünglichen Bewohner wurde nicht einem Kind das Leben geschenkt. Der damalige Ahn der Midwinter hatte ein Zeichen setzen wollen. Es hatte die elfische Rebellion auf Midwinter stark demoralisiert.

Durch die Mitwirkung der Elfen und das verwendete Baumaterial war der Palast auf wundersame Weise mit dem Wald von Elassus verwoben. Es war kein Wunder, dass kein Herrscher bislang den Wald gerodet hatte. Auch ein

Midwinter erfreute sich an Schönheit und Anmut. Wenn sie ihm gehörte. Kein Despot würde eine Welt erobern um sie niederzubrennen. Über Asche zu herrschen versprach keinen Spaß.

An seinen Grenzen wirkte der Palast wie langsam höher werdende Bäume. Erst weiter in Richtung Mitte erkannte man einen Unterschied zur Flora. Selbst die Tiere des Waldes hatten den Palast aufgrund seiner Lebendigkeit und Natürlichkeit als Teil ihrer Welt akzeptiert und näherten sich ihm ohne Furcht. Die ersten Außenmauern waren rein aus Hecken und Sträuchern und mit hübschen Blumenranken verziert. Überall gab es Flüsse, kleinere Rinnsale, ganze Seen und ansehnliche Teiche.

Es überraschte Kaylon nicht, dass Maylin hier lieber lebte. Auch er hatte immer gern in Elassus Zeit verbracht. Nach der Reise ließ man ihn im Palast zwei Tage unbehelligt. Er konnte sich frei bewegen, die Leibgarde folgte ihm. Allerdings verhielten sie sich tatsächlich, als würden sie ihn beschützen. Es war nicht, dass sie ihn wie Spione beobachteten.

In den Tagen der Reise und im Palast waren seine Wunden im Vergleich zu der Nacht bei Tajana nur geringfügig geheilt. In Elassus hatte er die Heiler aufgesucht, und ihm war Besserung versprochen worden, aber bei der Unsumme an Verletzungen war es ein langwieriger Prozess. Doch der Sprecher der Heiler versicherte dem Erben, dass er in einem Mondzyklus das Schlimmste überstanden hätte.

Kaylon war es unangenehm gewesen die Heiler aufzusuchen. Sie standen im Dienste der Krone und würden seine Schwester sicher über seinen Zustand unterrichten. Aber angesichts der Schmerzen und Verletzungen blieb ihm keine Wahl. Hier halfen nur Heilkräuter und Magie. Und andere Begabte waren Tagesreisen entfernt und somit mit Strapazen verbunden, die er nicht auf sich nehmen konnte und wollte.

Am dritten Tag bat eine Dienerin der Königin ihn in das private Audienzzimmer seiner Schwester. Vorsichtshalber steckte er die kleine Klinge in seinen Ärmel, den großen Dolch würde man ihm in den Bereichen des Herrscherflügels abnehmen. Aber er rechnete nicht damit dort zu sterben. Midwinter töten vor den Augen ihrer Untertanen und Soldaten. Sie erlangten dadurch Respekt.

Er betrat die königlichen Gemächer und wurde zu seiner Schwester geführt. In den Zeiten, als ihrer Eltern hier herrschten, hatten sie diese Räume nicht betreten dürfen, sie waren König und Königin vorbehalten gewesen. Er hatte sie auch nicht erblickt, als seine Mutter sich aus Elassus zurückgezogen hatte. Als sie die Kinder zurückließ, versiegelten ihrer Magier die Räume.

Maylin hatte sie aufschließen lassen, nachdem sie jetzt Herrscherin von Midwinter war. Bereits in den für Kaylon freien Bereichen des Palastes hatte er gesehen, dass die frische Königin einiges neu hatte gestalten lassen. Diese Gemächer kamen noch weitaus mehr nach seiner Schwester. Alles war hell, die Dekoration in Rottönen gehalten, dezente vereinzelten Blüten setzten Höhepunkte statt aufwendiger Blumenbouquets. Läufer aus elfischer Herkunft lagen aus. Er hatte im Palast aufgeschnappt, dass sie die Teppiche von gefangenen begabten Elfen fertigen ließ, deren Hinrichtung sie danach befahl, damit kein anderer solche Läufer von ihnen bekam. Und sicher um sich der Gefangenen zu entledigen, hatte sich Kaylon gedacht, als die Geschichte gestern zu seinen Ohren gekommen war. Zeichen setzen war schon immer Bestandteil der Herrschaft von Midwinter gewesen.

»Mein Bruder, nimm Platz. Ich möchte mir Dir über Deine Zukunft reden.«

Kaylon bezweifelte, dass er in Maylins Gedanken eine Zukunft besaß. Aber er nahm auf dem angebotenen Sessel Platz.

»Dann sprich, Maylin«, ein Midwinter zeigte Stärke. Zumindest in dieser Situation war das angeraten.

Seine Schwester lächelte ihn bezaubernd an: »Nicht so feindselig, Kaylon. Ich könnte Dich als Gefahr ansehen.«

Er griente sie an. Ihr grünen Augen funkelten wie das Feuer in seinen Wunden.

»Kaylon, ich werde Dich nicht töten, wenn Du mich nicht dazu zwingst. Deine Kraft ist mir zu genehm.«

In der Familie der Midwinter oblag den in den Generationen vereinzelt geborenen Zwillingen die Gabe, im Todeskampf auf die Macht des jüngeren zurückzugreifen. Der ältere Zwilling kontrollierte dies jeweils. Eine nur innerhalb der Familie bekannte Legende besagte, die Kraft der nachfolgenden Kinder einer Geburt gehört dem Ältesten. Zwar gab es Situationen, in denen auch der jüngere Kraft aus einem älteren Zwilling gezogen hatte, aber Kaylon war kein Fall bekannt, in dem dies kontrolliert geschah. Er besaß zumindest keine Kontrolle über die Fähigkeit. Aber Maylin hatte diese Macht. Kaylon bezweifelte nicht, dass er ihr damit indirekt geholfen hatte, die Mutter zu morden.

»Aber Dein Aufenthalt in Elassus ist nicht geschickt. Wir tun uns damit beide keinen Gefallen. Du wirst versuchen mich zu töten und mich damit zwingen mich Deiner zu entledigen. Du wirst Dich vom Hof entfernen. Nähere Dich Elassus nur, wenn Du eine Einladung von mir erhälst. Ich stelle Dir eine Garde und überlasse Dir eine Region Deiner Wahl in Midwinter. Keine der Festungen.«

In der Sicherheit einer Festung hätte er einen Krieg gegen sie vorbereiten können. Das konnte Maylin nicht dulden.

»Du wirst sofort aufbrechen. Die Garde ist marschbereit.«

Er sah ihr einige Zeit in die Augen. Vögeln zwitscherten im offenen Geäst des Palastes.

»Du willst mich wirklich nicht töten«, bemerkte er.

»Nein, Du bist mir lebend wertvoller.«

»Warum bist Du dann selbst gekommen?«

Er hatte das seltene Band der Zwillinge von Midwinter genutzt um ihr sein Hilfegesuch zu senden. Sie war es, an die er sich während der Folter geklammert hatte. Er hatte gehofft, dass sie ihn befreien ließ. Respekt durch seinen Tod konnte sie nur erlangen, wenn sie ihn selbst tötete.

»Ich habe mich informiert, von wem ich Dich befreien soll. Die Palastbibliothek verbirgt viele Weisheiten, und die Bilder, die ich von Dir empfangen habe, waren nützlich bei der Wissenssuche.«

Sie war schon immer der Schriftnarr der Familie gewesen, während er die Mathematik geliebt hatte.

»Der Ring der Sha'anaar ist kein leichter Verhandlungspartner. Mit einem Boten oder Botschafter hätten sie nicht einmal geredet. Also blieb mir nur übrig, Dich dort zu lassen, oder selbst die Reise auf mich zu nehmen. Auch so war es nicht leicht. Es hat viel gekostet Deine Freilassung zu erlangen.«

»Und dieser Ring…«

Maylin winkte ab. Sie lächelte: »Finde es selbst heraus.

Aber diese Bibliothek ist für Dich geschlossen.«

Sie hatte niemals gern ihr Wissen geteilt. Wissen ist Macht. Und Midwinter teilten nichts gern, besonders keine Macht.

»Deine Garde erwartet Dich im Hof. Der Hauptmann wird mit Dir besprechen, wohin Du reisen möchtest. Er kennt die Ziele, die ich Dir nicht verwehren werde.«

»Darf ich Midwinter auch verlassen«, fragte er Maylin. Seine Schwester kicherte.

»Außerhalb von Midwinter ist nichts, was der Familie gehört, und ich Dir geben könnte. Du kannst gern reisen, aber ich erlaube Dir nicht, die Garde durch ein Mondtor zu führen. Wenn Du Midwinter verlassen willst, dann nicht mit einer Streitmacht, sondern nur mit drei Leibwachen. Die Garde kann aber gern in Midwinter auf Dich warten.«

Sie war weit großzügiger, als er in seinen kühnsten Träumen geglaubt hätte.

»Breche jetzt auf, wir haben uns nichts mehr zu sagen«, meinte seine Schwester spitz. Kaylon erhob sich, verbeugte sich angemessen vor seiner Schwester und wollte gehen. Ein letztes Mal drehte er sich zu Maylin um.

»Danke.«

Sie beide wussten, dass Maylin dies nicht um Seinetwillen tat. Er war ihre Versicherung gegen Notfälle.

»Vielleicht werde ich einst Kinder haben, dann sei Dir Elassus nicht mehr verschlossen.«

»Ich werde es bis dahin vermissen. Gern helfe ich dabei, Deine Kinder zu trainieren, damit sie Dich einst zu töten vermögen.«

Sie zwinkerte ihm zu. Dies war keine Drohung, denn so geschah es seit der Herrschaft der Midwinter. Wem konnte ein Kind der Midwinter mehr trauen als den Geschwistern seiner Eltern. Verband sie doch ihr eigenes Schicksal mit dem einstigen der älteren Generation.

DIE HEIMAT DER MIDWINTER

Midwinter war die Welt des Elmbunds mit der höchsten Exportrate an Elfen. Lebendig oder tot. Kaylon Midwinter trug seine alte Rüstung mit den Gravuren des Erben der Midwinters. Er hatte sie einst bei seinem Rückzug aus dieser Welt zurückgelassen. Ein Diener seiner Schwester hatte sie ihm auf ihre Anweisung hin ausgehändigt. Hinter sich hatte er eine Garde aus dreißig Berittenen und siebzig Fußsoldaten. Jetzt hatte er auch eine elfische Zenturie nicht zu fürchten, denn diese Ritter waren Teil der Elite der Streitkräfte der Midwinter. Seine Schwester hatte darauf geachtet, dass ihr Zwilling beschützt wurde.

Auf Midwinter würde ihn ohnehin keine Zenturie angreifen, offiziell gab es auf dieser Welt keine elfische Armeen. Einer der besonderen Gossenwitze in den Tavernen seiner Welt war es zu sagen, man habe einen Elfen in der Regierung gesehen – baumelnd hinter dem Thron. Elfen galten auf Midwinter als Untermenschen.

Die Menschen hassten sie hier, aufgrund ihrer hohen Lebensspanne, und der damit verbundenen Chance, lange angesammelten Reichtum zu erlangen. Als die Midwinter vor Urzeiten die Macht übernahmen, hatten sie die Bevölkerung geeint, indem sie allen Elfen den Krieg erklärten und deren Besitztümer beschlagnahmten.

Elfen waren in Midwinter für niedere Arbeit zuständig und bildeten die unterste Bevölkerungsschicht. Großen Teilen von ihnen war ein Sklavendasein beschieden. Zwar dienten einige auch als Krieger in der Armee oder hatten angesehene Berufe, dies war aber die Ausnahme und auch solche Elfen waren vor Übergriffen nicht sicher.

Seit der erfolgreichen Eroberung der ganzen Welt, trug diese den Namen der Familie: Midwinter. Ursprünglich war ihr Ahn ein Fyanländer gewesen. Dort im kalten Eis hatte der erste Eroberungszug begonnen.

Die Midwinter waren grausame Herrscher. In ihren Sanktionen standen sie keiner Regierung der anderen Welten nach. Sie waren streng. Selbst waren sie den Familienregeln treu, von ihren Untertanen erwarteten sie die strebsame Befolgung aller Gesetze. Sie regierten mit dem Schwert – oder mit Magie, ein magischer Feuerbrand war nie zu unterschätzen.

Die Bevölkerung hasste die Midwinter. Genauso sehr, wie sie diese Herrscher fürchtete. Seit die Midwinter regierten, war diese Welt geeint. Sie löschten Rebellen aus, ließen alle Widerworte verstummen und töteten Unruhestifter. Die Bewohner Midwinters hatten ein ruhiges und geregeltes Leben, sofern sie sich an die Gesetze hielten.

Kaylon spürte den Respekt der Bevölkerung. Und er sah den ungeäußerten Hass in ihren Augen. Den Hass gegen das Haus Midwinter.

Er zügelte sein Pferd im zweiten Dorf durch das sie ritten, und der Hauptmann ließ wie vereinbart seine Truppe ausschwärmen. Sie würden Proviant als Tribut von den Dörflern fordern und einsammeln. Die Bevölkerung der Welt war verpflichtet einem Midwinter und seiner Eskorte stets Unterkunft und Nahrung zu bieten. Kaylon wollte hier aber nicht rasten, sie würden fern des Dorfes ein Lager beziehen. Der Hauptmann lenkte sein Pferd nahe zum Erben.

»Wohin soll unsere Reise gehen?«, der Soldat hatte wohl bemerkt, dass Kaylon noch kein Ziel festgelegt hatte, und wollte dies mit seiner Frage beschleunigen. Kaylon war sich unschlüssig, aber ein Midwinter war es gewöhnt Untergebenen gegenüber stets Entschlusskraft zu demonstrieren. Er traf eine Entscheidung.

»Kennt Ihr eine Bibliothek in der Nähe, Hauptmann Arwion?«

Arwion war der Bruder des Leibgardisten Galanors, der Kaylons Mord an seiner Mutter vereitelt hatte. Kaylon traute ihm nicht, aber niemand würde ohne Befehl der Königen den Erben Midwinters angreifen.

»In Dvorv befindet sich ein solches Haus, und die Gelehrten in Tiret soll einige Bücher haben.«

Kaylon sah vor seinem Auge die Landschaften Midwinters vorbeiziehen.

»Dann reisen wir über Dvorv nach Tiret.«

»Wollt Ihr Tiret besetzen?«

Kaylon hatte die Erlaubnis seiner Schwester, sich eine Region zu nehmen. Aber er schüttelte den Kopf.

»Nein, vorerst möchte ich auf Reisen gehen. Seht Ihr da ein Problem Hauptmann?«

Arwion verneinte dies ohne zögern.

»Mein Herr, diese Garde und ich gehören Euch. Wir werden uns dorthin begeben, wohin Ihr uns ordert.«

Von den markierten Stellen auf der Karte abgesehen, die Königen Maylin Midwinter dem Hauptmann ausgehändigt hatte. Kaylon hatte sich die Karte zeigen lassen.

In Dvorv fielen die Einwohner auf die Knie, als er mit seinem Trupp abends hinein ritt. Er kannte diesen Ort, genauso wie diese Leute ihn in unvergesslicher Erinnerung hatten. Er hatte damals dringend die Loyalität seiner Soldaten stärken müssen und ihnen mehr an diesem schwimmenden und fast nur aus Brücken bestehenden Ort erlaubt, als die Bevölkerung ertragen konnte. Immerhin, der Ort war seitdem gewachsen. Auch seinem damaligen Befehl war der Bevölkerungszuwachs zu verdanken. Allerdings musste er in Dvorv extrem vorsichtig sein, um nicht einem bösartigen Dolchstoß oder vergiftetem Essen zum Opfer zu fallen.

Für einen Midwinter galt die Regel: je freundlicher er in einer Ortschaft willkommen geheißen wurde, desto mehr Todfeinde hatte er dort angesammelt. Sie öffneten die Bibliothek noch in der Abenddämmerung und legten den Weg von seinem Pferd hinein mit Stoffen aus, die alle gemeinsam aufbrachten.

Die Bibliothek stand auf dem Kern der winzigen Insel. Von hier aus war Dvorv einst gewachsen. Auf Midwinter gab es in den richtig alten Ortschaften immer Gebäude des Wissens. Manchmal waren es Bibliotheken, manchmal ein Haus eines Gelehrten oder Kundigen. Reisende und umliegende Siedler hatten stets die Nähe zu ihnen gesucht, so dass Städte wuchsen. Dvorv war mit schwimmenden Hütten und Brücken weiter gewachsen, als die Insel nicht mehr ausreichte.

Auf der Insel war es schlammig, und niemand wollte den Zorn der Midwinter spüren, bloß weil die Stiefel eines Erben feucht wurden. Überraschte Blicke sahen, wie Kaylon Midwinter den Morast nur mit der Hilfe seines Hauptmannes überqueren konnte. Der Erbe hasste sich selbst dafür, aber mit seinen Verletzungen gelangt es ihm nicht, sich bei dem glitschigen Boden aufrecht zu halten.

Hauptmann Arwion ließ Soldaten vor dem Eingang Posten beziehen und andere um die Bibliothek patrouillieren. Der

Rest bezog Lager vor der Ortschaft. Er wusste wie der Midwinter, dass fast jeder im dem Ort auf Rache aus war. Beide sprachen es aber nicht aus. Kaylon bestand darauf in der Bibliothek allein zu sein.

Es war nicht mehr als eine vier Meter breite und tiefe Holzhütte, mit einer Leiter zur Dachkammer. Hier unten lagen auf Tischen die wertvolleren Bücher, oben hatten sie die Pergamente in Rollen untergebracht. Es mochte sortiert gewesen sein, aber Kaylon wusste nicht, wonach. Der Gelehrte, welcher sich um das Wissen kümmerte, war auf einer Reise in eine nahe gelegende Ortschaft.

Mit einer Kerze im Glas und einem sehr selten gesehenen Sehbehelf machte er das, was seine Schwester immer geliebt hatte. Er las alles, was er in die Finger bekam. Er blätterte in den Büchern, versuchte heraus zu finden, wovon sie handelten und Stunden vergingen. Dann widmete er sich einige Zeit den Pergamenten, aber dies war weit mühseliger. Jedes Pergament musste erst umständlich entrollt werden. Er wollte das Wissen nicht zerstören, also musste er die Schrift nach dem Betrachten wieder in ihre Ausgangsform bringen und mit den Fäden wieder zu knoten. Er gab schnell wieder auf und schlief letztlich am Tisch über ein Buch gebeugt ein. Die Kerze, durch das Glas gebändigt, war keine Gefahr.

Auch in Tiret fand er jede Menge Wissen, aber nichts zu dem Thema, das sein Interesse nach einer Bibliothek geweckt hatte. Die Gelehrten der Hangstadt besaßen zwar jede Menge an Dokumenten, aber alles widmete sich eher der Geschichte Midwinters und Rechtsprechungen. Als er den Hügel auf Tirets Straßen zum Fluss hinunterlief, wo seine Truppe kampierte, rannte ihm einer der Gelehrten nach.

»Lord Midwinter!«

Kaylon wandte sich um. Der ältere Mann war völligst außer Atem. Sein Ruf war dafür recht laut gewesen, aber respektvoll. Es war ein typischer Gelehrter.

»Ja?«

Der Mann stoppte vor ihm und musste zuerst nach Luft schnappen. Dies hätte Kaylon früher als Jugendlicher sehr ungeduldig und gefährlich werden lassen. Aber jetzt war er älter, außerdem müde und ausgelaugt. Und das Laufen für ihn selbst auch nicht angenehm.

Seine drei Wachen beäugten den Mann zwar, aber unternahmen nichts. Midwinters Soldaten hatten einen guten militärischen Ruf, wozu auch gehörte, nicht überzureagieren. Es sei denn, dies wurde ihnen befohlen.

»Ich bin der Kundige Wyrs. Ich stamme aus Dvorv. Ich kam heute an, gerade erst, bin aber auf dem westlichen Weg hoch gelaufen. Daher haben wir uns wohl verpasst. Die anderen Gelehrten sagten mir, wo ich Euch finde, daher bin ich so schnell ich konnte gelaufen.«

Tiret war auf den Südhang des Hügels Tiret'anei gebaut. Drei große Straßen führten vom Fuss des Hügels, beginnend am Fluss Tiret'dor, der sich um die Südseite schlängelte, hinauf. Sie waren nach den Himmelsrichtungen benannt. Tiret war keine arme Stadt, die meisten der Familien hier hatten Angehörige unter den Offizieren der Armee. Viele der Häuser waren aus Stein gebaut.

»Ein langer Weg für einen Kundigen«, bemerkte Kaylon interessiert.

»Ja, mein Herr. Ich hörte, dass Ihr in Dvorv etwas gesucht habt.«

»Und Ihr habt Euch auf die beschwerliche Reise gemacht

um mich zu fragen, was das war?«

Der Gelehrte schüttelte den Kopf: »Nein, mein Lord. Ich weiss wonach Ihr gesucht habt. Ich bin hier, weil Eure Suche zu dem Grund meiner letzten Abwesenheit von Dvorv passt.«

Kaylon starrte den Mann an und analysierte, was er sah. Er handelte wie ein echter Midwinter, als er auf das nächst beste Haus zeigte, und die Soldaten anwies es zu räumen. Danach nahm er mit dem Gelehrten in einer Backstube platz. Die Bäckersfamilie war kurzerhand aus ihrem Heim geräumt worden, wenn auch nur vorübergehend. Er wollte sich ungestört und ohne Zuhörer mit dem Gelehrten unterhalten. Die Wachen bezogen auf dem Weg Stellung.

»Woher wisst Ihr, wonach ich gesucht habe?«

Der Mann biss sich angstvoll auf die Lippen. Aber er wusste, dass man einem Midwinter antwortete: »Als ich ging, wies ich meinen Lehrling an, auf dem Spitzboden der Bibliothek zu schlafen. Ich wollte, dass die Sicherheit des Wissen gewährleistet war. Es war kein Geheimnis, aber die Dorfbewohner wussten es nicht. Der Junge hat geschlafen als Ihr die Bibliothek angesehen habt. Er ist erst aufgewacht, als Ihr einge... Euch eine Pause gönntet.«

Kaylon trommelte ungeduldig mit den Fingern auf die Tischplatte der Backstube.

»Auf jeden Fall hat er Euch murmeln gehört. Er dachte wohl es sei ein Eindringling und hatte Angst, daher blieb er weiter versteckt. Und als er am nächsten Tag merkte, wer die Bibliothek besucht hatte, war er noch unsicherer und vertraute sich erst mir nach meiner Heimkehr an.«

Der Erbe gab dem Gelehrten ein Zeichen weiter zu sprechen.

»Er hatte nicht viel verstanden, aber Ihr habt mehrfach etwas wiederholt, was er sich eingeprägt hat. Ich vermute dass Ihr danach gesucht habt.«

Der alte Herr zog ein klobiges Buch aus seinem Beutel und reichte es dem Erben der Midwinter. Kaylon sah auf den Titel. Er war in Eshnu'Vilanus geschrieben. Das ganze Buch war in der Geburtssprache der Elfen verfasst. Kaylon blickte den Mann misstrauisch an.

»Soll ich es Euch vorlesen«, bot dieser pflichtbewusst an.

Kaylon schüttelte den Kopf: »Das ist nicht notwendig. Ich habe also im Schlaf von elfischen Druiden gesprochen?«

Er sah den Mann mit einem sehr zweifelhaften Gesichtsausdruck an. Ein Fehler zu viel für den Lehrling, dachte er bei sich.

»Nein«, meinte der Mann, beugte sich vor und blätterte in dem Buch, »Ihr spracht vom Ring der Sha'anaar.«

Kaylon Midwinter sah die Überschrift des Kapitels inmitten des letzten Drittels des Buches. Er starrte einige Sekunden darauf.

»Warum war das Buch der Grund Eurer Abwesenheit?«

»Ich hörte Gerüchte, dass die Königin sich plötzlich nach ihrem Herrschaftsbeginn nach Kjalaba begeben hat um den Ring der Sha'anaar aufzusuchen. Ich fand dies verblüffend, eine Reise auf eine andere Welt, noch bevor die Wogen der Herrschaftsübernahme geglättet waren. Und von Sha'anaar oder einem solchen Ring hatte ich noch nie gehört. Also reiste ich umher um Informationen zu finden. Das Buch ist alles, was mir gelangt aufzutreiben«, gab der Mann freudig Auskunft.

»Habt Dank für das Buch, Kundiger.«

Der Mann schien seine Hände wieder auf das Buch legen

zu wollen, beherrschte sich aber und bemerkte lediglich: »Es ist ein sehr wertvolles Buch.«

»Und?«, fragte Kaylon Midwinter mit scharfem Unterton.

Auf Midwinter galt, dass jedweder Besitz der Familie Midwinter gehörte, und jeder Außenstehende nur das Recht hatte, zeitweilig über eine Sache zu verfügen, bis ein Midwinter sie zurückverlangte. Was immer ein Bewohner Midwinters besaß, es war eine Leihgabe der Herrschaftsfamilie. Dies ermöglichte es den Midwinter, alles zu fordern, was sie in Besitz nehmen wollten und alles auch ohne Zweifel abzugeben – sie konnten es jederzeit wieder zurück verlangen. Wenn Bewohner Midwinter Ware gegen Geld wechselten, war dies lediglich das Recht die Leihgabe der Herrschaftsfamilie an sich zu nehmen. Dies machte es auch leicht Besitzstreitfälle zu klären: die Familie nahm den Besitz einfach an sich. Das galt allerdings lediglich für den Hauptstrang der Herrscherfamilie. Kaylon gehörte noch dazu, auf mögliche Kinder von ihm traf dies nicht zu, wenn er nicht doch noch schnell genug seine Schwester tötete.

Problematisch war es allerdings, jemanden für Dienste zu entlohnen. Ein Midwinter hatte auf dieser Welt selten Geld dabei.

»Nichts, Lord Midwinter. Es hat mich gefreut, Euch helfen zu können.«

Kaylon Midwinter nickte ohne ein Lächeln: »Mich ebenso. Was Euren Lehrling betrifft: Als Lehrling eines Kundigen ist er wohl nicht auf den Kopf gefallen, sollte man meinen. Also kann man auch die Schläue erwarten, nicht zu viele Fehler zu begehen. Er hat das Licht nicht gesehen, da hat er weiter geschlafen. Das Wissen hätte verbrennen können, er hätte lieblich geträumt. Und als er mich bemerkte und an einen

Eindringling glaubte, hat er nichts unternommen. Seine Feigheit hätte der Bibliothek Besitz rauben können. Zehn Peitschenhiebe für die erste Sühne, zehn weitere für die andere. Danach testet Ihr ihn fünf Tage und Nächte lang. Er muss wach bleiben und die Bibliothek schützen. Ihr prüft dies. Falls er wieder seine Pflicht vernachlässigt, sucht Ihr Euch einen neuen Lehrling.«

Der Mann nickte angstvoll aber auch entsetzt. Kaylon fügte hinzu: »Wenn er aber besteht, dann sendet einen Boten nach Hauptmann Arwion aus. Er wird dann auf mein Wort dafür sorgen, dass Steine zu Euch entsandt werden, auf dass Ihr die Bibliothek sicher in Stein vergrößern könnt.«

Der alte Herr sprang vor Kaylon auf die Knie, der lapidar anfügte: »Ich sehe den Besitz meiner Familie gern gut behütet, vor allem so wertvolles Wissen.«

Als Kaylon ging, meinte er im Vorbeigehen zu einer seiner Wachen: »Bestraft den Bäcker. In der Hinterstube lag sein Neugeborenes. Wie konnte er das Kind allein lassen. Zwei Hiebe sollten ausreichen.«

In seinem fürstlich ausgestatteten Zelt am Flussbett von Tiret nahm er sich die Zeit, das Buch zu studieren.

DRUIDISCHE ORDNUNG

Die Lektüre war eine elfische Abhandlung über die Geschichte der Druiden. Unterschiedliche und teils anonyme Autoren hatten an dem Werk mitgewirkt. Es war in ihren Handschriften verfasst, dies schien das Original zu sein. Ursprünglich waren die Druiden Elfen, heutzutage kamen auch bei Menschen druidische Aktivitäten vor. Vieles aus dem Buch war Kaylon bereits bekannt. Druidenkulte entstanden beinahe zeitgleich auf drei Welten des Elmbundes, Lanassassis, Kjalaba und Arm'Alash-Io. Die Kulte waren gezeichnet von magiebegabten und wissenskundigen Mitgliedern. Die wichtigsten Elfen aus höchsten Positionen der Elfenstämme und Familien gründeten diese Geheimbünde der Elfen und nahmen an deren Versammlungen teil. Die Druidenkulte hatten geheime Zeichen, Gebräuche und Rituale.

Einer der bekanntesten Kulte ist der heute längst nicht mehr nur im Geheimen aktive Crim'Idor. Jeder Elfenfürst, der etwas auf sich hielt, war Mitglied im Crim'Idor. Ebellon Vi'landor war momentaner Erzdruide des Kultes. Dieser Orden hatte viel Einfluss auf die Politik im Elmbund. Die Crim'Idor war ein reiner elfischer Druidenorden. Die Midwinter verdächtigten die Crim'Idor seit langem, die Elfenrebellen ihrer Welt zu finanzieren.

Der Druidenzirkel Penagramnil war ausschließlich auf dem Planeten Penagramn aktiv, dafür war es ein gemischter Orden aus Elfen, Menschen und Zwergen. Eine solche Kombination gab es nicht häufig, bei den vielen Zwisten unter den Rassen.

Ebenfalls auf Penagramn entstand der Zirkel Nava'Idor. Seine elfischen Mitglieder bereisten den Elmbund und boten ihre Dienste als Mondtornavigatoren an.

Jede Menge solche Druidenzirkel fand man im Elmbund. Teilweise geheim, manche öffentlich, viele der Allgemeinheit bekannt, andere sogar den Familien der Mitglieder fremd.

Einige hatten politische Absichten, wenige unterlagen nur dem Selbstzweck, teils verbotene bestanden aus religiösen Fanatikern, die behaupteten es gäbe etwas, das sie Götter nannten. Auf den pragmatischen Welten des Elmbunds wurden diese letzteren oft gejagt und als Nahrung genutzt. Gottgefällig nannten dies ihre Verfolger spöttisch, Märtyrertum sie selbst.

Gründe für und Themen von Druidenzirkeln gab es viele. Kaylon lernte einige neue beim Durchblättern des Buches. Das Buch war bereits sehr alt, dennoch zeigte es, wie sehr sich dieses Elfenpack damals schon versucht hatte, zu organisieren.

Zuletzt widmete er sich dem Kapitel, das er zuvor übersprungen hatte. Diesem schenkte er besonders viel Aufmerksamkeit: »Der Ring der Shalanaar«.

Die hier verwendete Schreibweise ließ es wie Shalanaar klingen, der Name schien im Laufe der Zeit somit Veränderungen unterlegen zu sein. Oder der Autor hatte den Namen falsch geschrieben. Selbst der Autor schien von diesem Druidenkult nicht viel zu wissen. Destillierte man die Fakten aus dem Text, ließ sich sagen, dass der Zirkel aus Elfenfrauen bestand. Der Kult schien bei Gründung seine Aufgabe darin zu sehen, die Mondtore und somit die Wege zwischen den Welten zu bewachen. Der Autor schrieb noch, dass sie die letzte Welt im Zentrum der siebenundzwanzig im Elmbund bewachten, das Anaar. Den Begriff Anaar hatte auch der Autor bislang erst bei seinen Recherchen zum Ring entdeckt. Kaylon kannte ebenfalls keine achtundzwanzigste Welt. Sha bedeutete, die Wachen. Kaylon grübelte: Der Ring der Wächter von Anaar. Er fand auch den Hinweis, dass Männer den Wächtern als Waffen dienten.

Die Sterne standen hoch am Himmel, als Kaylon sich gesichert von seiner Garde endlich schlafen legte. Alle letzten Nächte war er von Alpträumen gepeinigt worden. Er war abwechselnd im eisigen Wasser der kalten Grotte erstickt oder ertrunken. In dieser Nacht hielt ihn ein wärmender Körper und schützte ihn vor beiden Toden.

WAFFENPROBE

Als der Traum endete, fühlte Kaylon sich leer. Draußen herrschte die typische Stimmung eines morgendlichen Militärlagers. Schwerterklirren von Übungen, einige Rufe beim Appell und leise Stimmen, die sich unterhielten. Es roch nach Frühstück. Angebratener Speck und leckeres Brot. Es hatte auf vielen Schlachtzügen weit schlechteres Essen gegeben. Kaylon verspürte keine Hunger. Er aß seit Tagen ohne Freude daran zu haben. Oft spie er Zugenommenes wieder aus. Es waren die Nachwirkungen des aufgezwungenen Nahrungsverzichtes.

Trotzdem verließ Kaylon Midwinter sein Zelt mit dem Vorhaben, etwas zu sich zu nehmen. Er musste zu Kräften kommen. Der Hauptmann, der gerade einen Kontrollrundgang durch das Lager machte, sah ihn und kam herüber.

»Lord Midwinter, vor einer Stunde traf ein Bote von Eurer Schwester ein. Er nannte mir die Botschaft und verließ uns wieder. Königin Maylin Midwinter lädt Euch zu der Waffenprobe in Assandria ein, die in acht Tagen stattfindet. Sie wird der Waffenprobe ebenfalls beiwohnen. Ihre Bedingung ist, dass Ihr der Königin auf der Waffenprobe Respekt bekundet.«

Kaylon schritt auf einen Tisch neben einem noch glimmenden Lagerfeuer zu, auf dem sein Essen zubereitet war. Er genoss es, im Sonnenschein zu speisen. Hier auf Midwinter war es bereits Spätsommer.

Der Hauptmann folgte ihm auf einen Befehl wartend. Kaylon wusste, dass es den Soldaten nicht gefiel kein Ziel zu haben. Er wusste auch, dass es seiner Schwester nicht gefallen würde, wenn er nicht bald mit der Garde sesshaft wurde. Die Waffenprobe war ein guter Anlass, um die Wahl eines Zielortes weiter aufzuschieben.

Maylin nutzte die Einladung zur Stärkung ihrer Machtposition. Dass sie ihn bislang verschont hatte, sah ihr die Bevölkerung als Schwäche an. Meist töteten Midwinter ihre Geschwister, wenn sie vor der Machtergreifung noch keine eigenen Kinder hatten. Wenn er ihr jedoch in Demut auf dem Turnier vor den Gästen seinen Respekt zollte, dann wären die Zweifel an ihrer Stärke ausgeräumt. Kaylons Position in Midwinter würde ein solcher Respektbeweis aber schwächen.

Der Hauptmann musste auf eine Antwort warten. Kaylon frühstückte in aller Ruhe. Es schmeckte ihm nicht, dennoch nahm er jeden Bissen mit einem Lächeln zu sich. Ein Führer musste Positives ausstrahlen. Er durfte die Loyalität seiner letzten Soldaten nicht verlieren. Außerdem tat es gut, den Magen voll zu wissen.

»Wir brechen Richtung Assandria auf«, beschloss Kaylon nach der Mahlzeit. Hauptmann Arwion war erleichtert.

Eine Waffenprobe war ein freies Turnier in Midwinter, das manche Städte mit Duldung der Familie Midwinter veranstalteten. Zu Zeiten der Waffenprobe war das Verbot des Tragens und des Besitzes von Waffen am Ort der Probe ausgesetzt. Sonst durften nur das Militär und die Angehörigen der Herrschaftsfamilie Waffen mit sich führen und nutzen. Waffen konnten zu den Zeiten der Probe am Veranstaltungsort günstig erworben und am Ende wieder verkauft werden. Dazu stellte die Familie in der Regel extra Waffenschmiede der Armee zur Verfügung.

Es handelte sich bei der Waffenprobe um ein mehrtätiges reglementiertes Turnier, in dem jeder mitmachen durfte, der sich freiwillig anmeldete. Das schloss Sklaven und Elfen mit ein, aber auch sie mussten selbst ihre Einwilligung zusichern. Dann traten die Angemeldeten in unterschiedlichen Waffendisziplinen gegeneinander an. Normalerweise führten die Kämpfe nicht zum Tod, wobei sich dies bei den finalen Kämpfen relativierte. Den Gewinnern der unterschiedlichen Disziplinen boten sich erstrebenswerte Preise, auch lohnende Posten in der Armee.

Assandria war eine Festungsmetropole. Den meisten Städten in Midwinter war es verboten, Verteidigungsanlagen zu errichten. Lediglich einige wenige Außenposten der Familie Midwinter hatten die Ausnahmegenehmigung. Auf einer Welt, die einem vollständig gehört, waren Stadtmauern störend, wenn man eine Rebellion bekämpfen wollte. Und die Mondtore sicherte man in Midwinter extra gegen Invasionen vom Rest des Elmbundes.

Die hohen Wehrmauern der Metropole konnten den Lärm der Massen nicht zurückhalten. Die Waffenprobe war ein festliches Ereignis, und das Volk hatte Spaß daran. Wer es sich leisten konnte, reiste dafür gern an. Besucher und Teilnehmer, die mit der Waffe ihr Glück versuchen wollte, füllten die Straßen und Tavernen von Assandria.

Auf den Zinnen des höchsten Turms der Festung inmitten der Metropole wehte das Banner der Familie und das spezielle Königsbanner. Letzteres bedeutete, dass Maylin Midwinter bereits eingetroffen war. Die blaue Flagge mit dem weißen Lettern M und W für die Familie hing unter der roten mit der goldenen Krone.

Als er mit der Garde als Eskorte am Morgen vor dem ersten

Turniertag einritt, machte die Menge ihm respektvoll den Weg frei. Seine Garde trug das Banner der Familie, das half. Aber der große Teil der Bevölkerung kannte auch ihn selbst in seiner Rüstung. Der Elfenschlächter. Totschläger von Elmron. Lohe des Zorns. Er bemerkte, wie sie ihn ansahen. Einst hatte man in Kaylon Midwinter den kommenden König gesehen. Dann hatte das Volk von seiner Niederlage beim Mord an der Mutter vernommen. Und jetzt war Maylin Königin, und er lebte dank ihrer Großzügigkeit. Der Blick der Menge war der Blick auf einen lebenden Toten. Das war es, was sie sahen. Und so fühlte er sich auch. Der Verlierer von Midwinter.

Die meisten seiner Verletzungen waren mittlerweile dank der Kunst der Heiler genesen. Aber die Brüche würden ihn noch länger quälen.

Heute stand die Eröffnung der Waffenprobe durch die Königin am Nachmittag an. Das Militär und ihre eigene Ehrengarde würde Schaukämpfe abhalten.

Kaylon Midwinter musste die letzten Meter ohne Eskorte über den leer geräumten und umfunktionierten Markplatz inmitten der Stadt schreiten. Im Staub unter der Tribüne kniete er nieder, und zeugte seiner Königen Respekt. Die Menschenmenge auf den anderen Tribünen grölte.

Es ging schneller vorüber, als er befürchtet hatte. Seine Schwester hatte ihre Machtposition gestärkt, und er galt als die ausgebrannte Kerze des Reiches, wie in Midwinter der Dorftrottel bezeichnet wurde. Aber es gab schlimmeres. Weit schlimmeres, wie er gelernt hatte. Doch seltsamerweise kamen ihm die Schmerzen nicht in den Sinn, sondern die elfischen Lippen.

Er verließ den Marktplatz wieder, an dem heute die

Schaukämpfe demonstriert wurden. Ab morgen würden überall in der Stadt die Kämpfe für die einzelnen Kampfdisziplinen stattfinden. Er hatte nicht vor, der Aufführung heute zuzusehen. Kaylon Midwinter hatte einen anderen Plan.

Dieses Land, diese Welt mochte ihn verdammen, und sein Schwester machte sich mit ihrer Strategie über ihn lustig. Aber ein Midwinter gab nicht kampflos auf. Sie hatte ihn gezwungen, Schwäche zu zeigen. Er hatte nicht vor sie zu töten, bereits nach dem missglückten Mord an seiner Mutter hatte er mit dem Wunsch nach der Herrschaftskrone abgeschlossen. Aber er wollte nicht als Schwächling gehen. Das widersprach der Natur der Midwinter.

Am nächsten Morgen erwachte Kaylon schweißgebadet. In seinem Traum hatte er die Hitze der Elfe gespürt. Je länger er von Sha'naar fort war, desto häufiger dachte er an und desto intensiver träumte er von ihr.

Hauptmann Arwion hatte ihn selbst geweckt. Der Offizier blickte wütend umher und schien sich beherrschen zu müssen, um den Erben Midwinters nicht direkt anzubrüllen.

»Mein Lord, Ihr habt Eure Schwester vor den Kopf gestoßen.«

Kaylon richtete sich in seinem Bett auf. Der Schlaf stand noch in seinen Augen. Er hatte über der Stadt im Turmzimmer genächtigt. Ihm und seiner Garde hatte man einen Wachturm und das anliegende Wachhaus auf Befehl der Königin für die Zeit der Waffenprobe zugeordnet.

»Ich halte mich an die Regeln, Hauptmann«, warnte Kaylon den Soldaten mit scharfer Stimme, »Und ich habe Ihr Respekt gezollt.«

»Aber Ihr habt Euch für die Waffenprobe angemeldet. Das

missfällt Eurer Schwester.«

»Es ist offiziell. Aber sie kann es natürlich gern rückgängig machen«, Kaylon zwinkerte dem Hauptmann herausfordernd zu. Der Erbe wusste, dass sie damit vor aller Welt eine Schwäche eingestehen würde, und dies daher nicht tun konnte.

»Mein Lord, Eure Schwester hat mir und der Garde Order gegeben Euch zu schützen, aber Ihr macht mir das nicht leicht. Königin Maylin Midwinter wird Euch nicht von der Liste streichen lassen. Aber sie hat ihren Einfluss geltend gemacht, und Euch ausschließlich für den Endkampf beim Paarkampf der Schwertdisziplin zugelassen. Ihr werdet mit Eurem Partner gegen den Finalisten kämpfen. Sie möchte das Risiko für Euch minimieren.«

Kaylon starrte Hauptmann Arwion ungläubig an. Den Endkampf zu gewinnen würde für seine Respektgewinnung ausreichen. Aber auf ganz Midwinter würde man niemanden finden, der mit ihm gemeinsam in den Kampf zur Waffenprobe ging. Nicht, wenn jeder wusste damit den Zorn der Königin auf sich zu ziehen.

»Ich habe mich angemeldet und stehe zu Eurer Verfügung. Ich werde an Eurer Seite in der Waffenprobe kämpfen«, bot ihm Hauptmann Arwion an. Kaylon zog sich still an, verzichtete auf das Frühstück und ritt aus der Metropole. Die Waffenprobe würde am Nachmittag beginnen, er musste vorher nachdenken. Das Finale wäre erst am letzten Tag der Waffenprobe fällig. Drei Gardisten folgten ihm als Leibwache.

Am nahe gelegenen See Gene-Kara sprang er von seinem Reittier und befahl den Gardisten auf Abstand zu gehen. Kaylon zog sich aus und wusch sich beinahe krampfhaft im

See. Er ging dergleichen grob dabei vor, dass die Wunden bald wieder aufreißen würden.

»Lord Midwinter«, vernahm er eine der Wachen und wandte sich erbost um. Seine Miene fror ein.

»Diese Elfe verlangt vehement Euch zu sprechen. Auf Euren Befehl hin werden wir...«, die Wachen hatten ihre Waffen bereits gezogen, aber Kaylon schickte alle beinahe panisch fort. Die Elfe schaute ihn süffisant an und schritt grazil näher auf das Wasser zu. Sie blieb in einer lasziven Haltung stehen. Welche Pose auch immer sie eingenommen hätte, Kaylon war ohnehin von ihrer Präsenz gefangen. Der Velaar senkte instinktiv den Blick.

»Dreh Dich.«

Er kam der Aufforderung in der Elfensprache nach. Dann schrie ihn eine Stimme in seinem Inneren an, sich bewusst zu werden, wer er war, und das sich dies um seine Heimatwelt handelte. Kaylon Midwinter drehte sich zurück zu der Elfe und starrte sie wütend an.

Sie schien weiterhin selbstgefällig.

»Nicht vollständig geheilt wie ich sehe.«

Sie begann sich zu entkleiden, und trotz der gerade erst in sich aufgetürmten Kraft wurde er hilfloser, als er ihr zusah. Ihr reiner Elfenkörper stellte Perfektion dar.

»Beruhige Dich. Oder hast Du Angst mit mir zu baden?«, bemerkte sie schnippisch und glitt in das klare Wasser des Sees. Sie schritt zu ihm, aber er wich aus und hielt einige Meter zwischen ihnen.

»Du hast wirklich Angst«, stellte sie fest, »Was denkst Du was ich tue? Ich bin unbewaffnet und befinde mich in Deinem Reich. Du wurdest freigekauft.«

Sie trat wieder näher, verharrte aber zwei Meter vor ihm.

»Es ist auch flach genug um hier zu stehen.«

Kaylon starrte in ihre Augen. Er hörte ihre Worte, aber beeindruckender waren ihre Augen. Sie hatten solche Macht über ihn, ganz ohne Magie.

»Ein andermal werde ich Dich dafür bestrafen, dass Du mich ohne Erlaubnis so ansiehst. Aber heute werde ich Dir helfen.«

Der Erbe der Midwinter riss sich zusammen.

»Was sucht eine Elfe in Midwinter?«

»Eine bestimmte Elfe oder eine allgemeine?«, bemerkte sie spöttisch. Sie sah, wie er anfing zu zittern. Vielleicht vor Wut.

»Ich habe erfahren, welche Dummheit Du begangen hast. Dich für die Waffenprobe anzumelden und Deine Königin damit herauszufordern. Glaubst Du, das derjenige an Deiner Seite wirklich Dir treu ergeben ist, oder Maylin Midwinter?«

Sie begann ihn zu umkreisen, und er folgte ihr mit seinem Körper.

»Entweder stirbst Du in dem Kampf oder Du wirst eine sehr schwere Niederlage hinnehmen, denn sie wird nicht dulden, dass Du vor dem Volk Respekt gewinnst.«

Die Bewegungen im Schlamm mit seinen Beinen waren nicht leicht. Er hatte in den See hinein humpeln müssen.

»Es ist nicht im Interesse des Rings, dass Du in diesem Kampf stirbst. Und auch ich will bei dieser Waffenprobe keinen Velaar verlieren. Wir sind gebunden, auch wenn Du freigekauft wurdest.«

»Ich kämpfe in der Waffenprobe!«, presste Kaylon aus seinen Lippen hervor.

»Ja. Und ich stehe an Deiner Seite.«

Der Abstand zwischen ihnen zerfiel zu nichts, und sie

umarmte ihn. Ihren Körper zu spüren verdrängte schlimme Gedanken, und ihre Lippen heilten seine Knochen ein gutes Stück. Er genoss Tajanas Hände auf seinen Rücken, ihre Finger die allein durch regloses Daliegen seine Haut liebkosten. Er vermisste ihre Berührungen an den folgenden Tagen und Nächten, in denen die Waffenprobe die Festungsstadt Assandria zum Kochen brachte. Seine Atrîsh hatte ihn am See wieder verlassen.

SHA'LIA

Die Disziplin des Paarkampfes im Schwert fand traditionell in der Arena Zul'Sadam der Militärakademie von Assandria statt. Gerade tobte der letzte Kampf vor dem Finale. Hier kristallisierte sich heraus, dass ein menschliches Paar aus einem Mann und einer Frau sich dem Erben von Midwinter stellen würde.

Bei der Waffenprobe erreichten auch die Zwerge hohe Ränge bis hin zu den Erstplatzierten, aber eher in den Kriegshammer- und Axtwaffengattungen.

Elfen waren gerade in der Schwertdisziplin ein erfreulicher Anblick, aber verhältnismässig wenige traten immer aufgrund der Umstände in Midwinter an.

Kaylon hatte das Duo beobachtet, es waren zwei Soldaten der Tundra-Armeen von Midwinter. Der Mann trug einen Bihänder, die Frau zwei Säbel. Beide wussten ihre Klingen perfekt einzusetzen. Am Tag nach diesem Kampf endete die Waffenprobe gen Abend, um zuvor mit den Finalen der Disziplinen ihren Höhepunkt zu erreichen.

An diesem Nachmittag schritt Kaylon Midwinter Seite an Seite mit Hauptmann Arwion in die Arena. Hohe Steintribünen umgaben die Arena, zwei Türme sicherten den Militärplatz an den Ecken im Norden. Doch die gemauerten Sitzbereiche waren für hohe Ränge und mächtige mit den Midwinter verbundene Familien reserviert, wie dem Strang der Mailander. Das gemeine Publikum stand auf Holzbrettern, die über den Staub der Arena an ihren Rändern gelegt waren. Lediglich einige Pfosten und ein Seil gaben die Grenze zum Kampfbereich an.

Abrupte Stille legte sich über die Welt, als Kaylon Midwinter einschritt. Die Klinge der Midwinter, war der freundlichste Name, den man ihm in seiner Zeit gegeben hatte. Er war die Lohe des Zorn und damit die Flamme ihres Hasses. Einige Mailander auf der Tribüne begannen zu klatschen. Plötzlich schlugen die Zwerge ihre Hämmer und Äxte auf das Holz unter sich, übertönten das Klatschen damit bei weitem. Ein düsterer Takt. Sie hatten nicht vergessen, wie er tausende ihrer Art in den Minen von Keygon eingeschlossen hatte um sie mit Todesnebel vernichten zu lassen. Und sicher genauso wenig, dass er seine Soldaten danach gezwungen hatte, einen großen Teil der Leichen über den Feuern ihrer Lager zu grillen und dann zu verspeisen. Kaylon hatte darauf geachtet, dass die Späher der anderen Minenstämme dies beobachteten.

Die Elfen stimmten zu dem Takt der Zwerge eine Hymne an. Es handelte sich um das Sha'lia. Das Wachlied der Toten. Die Elfen würdigten mit diesem Lied alle verstorbenen Rassenangehörigen. Jeder Elf kannte dieses Lied. Für die Elfen des Elmbundes war dies ein Leichtes. Eshnu'Vilanus war die Geburtssprache der Elfen. Sie mussten die Sprache nicht erlernen, jedes Elfenkind fing irgendwann an, Worte in Eshnu'Vilanus zu plappern. Genauso wie dieses Lied in ihrer Rassenerinnerung vorhanden war. Im Gegensatz zu den Stämmen der Zwerge oder den Völkern der Menschen besaßen sie einen tiefen Zusammenhalt.

»Sha'lia, Sha a a aa, Sha'lia amble o la.«

Die Menschen im Publikum lauschten respektvoll und begannen bald vorsichtig zu dem Lied ihre Hände zusammen zu schlagen.

Er sah spöttisch umher. Diese Masse wollte seinen Tod

sehen, das würde ihr Finale bei der Waffenprobe werden. Hauptmann Arwion schwenkte sein Breitschwert um die Schulter ein letztes Mal zu lockern. Kaylon Midwinter sah bereits das Duo vom gestrigen Tag Position auf dem Platz einnehmen. Seine Schwester, Maylin, saß mit freundlichem Gesichtsausdruck auf dem Königsplatz der Tribüne zwischen den Türmen. Entfernte Cousins der Midwinterfamilie und ausgesuchte Mailander durften in ihrer Nähe einen Platz einnehmen. Arwions Bruder, der Leibgardist Galanor, stand im Rücken der Königin.

»Ashne valaa, jar dalatûr - Sha'lia nomble o la.«

Kaylon blieb in der Mitte des Platzes stehen, sein Hauptmann kam überrascht ebenfalls zum Stillstand. Der Erbe der Midwinter sog genießend den staubigen Duft des Platzes ein, und fand Gefallen an der Melodie. Nach einigen Sekunden widmete er sich dem Publikum und winkte der Menge bissig zu, bevor er sich an Arwion wandte.

»Ich habe einen wichtigen Auftrag für Euch, Hauptmann. Geht und mobilisiert die Garde. Stellt sofortige Abmarschbereitschaft her.«

Arwion starrte ihn kurz an, schien dann aber zu verstehen.

»Ihr wollt abreisen«, meinte der Hauptmann und fügte bloß in Gedanken hinzu: »und dem Kampf ausweichen.«

»Ihr habt einen Befehl, Hauptmann.«

Der Hauptmann verneigte sich auf der Stelle und verließ die Arena. Die Melodie verstockte und ein Tumult aus Rufen und eifrigem Tuscheln begann. Seine Schwester betrachtete Kaylon aufmerksam.

Der Erbe der Midwinter wartete bis der rasch weg eilende Hauptmann die Arena verlassen hatte. Dann setzte Kaylon seinen Weg zu den anderen Finalisten fort. Von seiner linken

Seite näherte sich eine Gestalt, die über die Balken der Absperrung gesprungen war.

Alle Augen dachten, eine elfische Attentäterin wollte nicht warten, bis der Kampf die Entscheidung brachte. Aber diese Elfe schloss bis zu Kaylons Höhe auf und ging dann neben ihm her.

»Ihr seid tatsächlich hier«, bemerkte der Mensch ohne hinüber zu sehen. Er trug seine Familienrüstung nicht, stattdessen eine billige Lederrüstung, sie ihre dunkle Ledertunika mit einem leichten Kettenhemd darunter. Ihre Gegner waren in die Kettenrüstungen ihrer Militäreinheit gekleidet.

»Bist Du genug verheilt, Velaar, oder brauchst Du einen Kuss?«

Ihr Kuss hatte heilende Wirkung auf den Velaar. Es war druidische Magie, die durch ihren Bund verstärkt wurde.

»Ich mache mir um mich keine Sorgen. Ich gehe das Schicksal der Midwinter ein.«

Nicht mehr viele Meter trennten sie von ihren Feinden. Kaylon fügte an: »Aber was ist mit Euch, Atrîsh Tajana? Was wollt Ihr von mir, die achtundzwanzigsten Welt finden?«

Er sah nicht, wie sie reagierte, da er die Gegner im Blick behielt. Ihre kühle Stimme antwortete: »Es gibt keine achtundzwanzigste Welt. Es gibt die Welt im Zentrum der siebenundzwanzig. Und sie muss nicht gefunden werden.«

Die Königin hatte sich erhoben und in die Hände geklatscht. Der Kampf begann. Und zum Entsetzen aller kämpfte an der Seite des Elfenschlächters eine Elfe. Obwohl sie mit ihrer athletischen Statur eine Augenweide darstellte, kam niemand vor bestürzter Verblüffung dazu, den herrlichen Anblick auszukosten. Mit ihrem elfischen Langschwert sicherte sie ihren Velaar, wann immer es nötig war. Er konnte sich gut verteidigen, aber er war immer noch angeschlagen. Außerdem hatte das Duo offensichtlich ihn als Priorität. Zwar griff Tajana die mit zwei Schwertern hantierende Kriegerin an, aber diese nutze jede Gelegenheit sich im Kampf immer wieder zu Kaylon hinzupirschen und zwischendurch eine Attacke gegen ihn auszuführen. Zweimal fing Tajanas Elfenschwert kritische Angriffe auf ihn ab. Ihr gelang es, die Menschenfrau an sich zu binden. Kaylon hatte Mühe mit den mächtigen Schwertstreichen des Bihänders. Er war immer noch ein wenig zu kraftlos um die riesige Klinge wieder und wieder zurückzudrängen. Die Kraftlosigkeit rührte nicht ausschließlich aus den Verletzungen. Dem ersten Zyklus oblag gewaltige Magie, welche den Bund stabilisierte. Diese Magie nährte sich aus seiner Lebenskraft. Zusätzlich zu der Folter, war dies ein Kraftverlust, der erst langsam verging. Aber Kaylon Midwinter hatte schon aussichtslosere Kämpfe gesehen. Der Velaar und seine Atrîsh besiegten ihre Gegner beinahe gleichzeitig.

Kaylon war eindeutig in einem schlechteren Zustand als die Elfe an seiner Seite. Sein rechter Arm war taub, glücklicherweise war er beidhändig und konnte auch in der linken Hand eine Waffe führen. Ein schlimmer Schwertstreich, den er nicht hatte zurückstoßen können, hatte einen großen Bereich seiner Brust aufgeschlagen. Er fühlte, es ging nicht tief in das Fleisch hinein. Er würde leben.

Sein Gegner lebte noch, aber Kaylon würde nicht darauf wetten, ob der Mann die Nacht überstand. Der

Menschenfrau war nicht zu helfen. Tajana trat zu Kaylon und musterte diesen. Sie machte keine Anstalten ihm zu helfen. Kaylon reckte sein Schwert mit der linken Hand empor und drehte sich in der Menge. Es war wieder still. Sie hassten ihn dafür, dass er gewonnen hatte. Jäh drang Maylin Midwinters Stimme über die Menge.

»Eine großartige Darbietung. Ich habe mich entschieden, das Finale zur höchsten Blüte reifen zu lassen.«

Kaylon blickte zu seiner Schwester empor, der verhasste Leibgardist war nicht zu sehen.

»Darum wird der Held von Midwinter, mein verehrter Bruder Kaylon Midwinter, uns eine weitere Darbietung mit freier Waffenwahl schenken.«

Kaylon bemerkte aus den Augenwinkeln, wie Galanor den Platz betrat. Atrîsh Tajana trat dicht vor ihren Velaar. Er erwartete ihren Kuss.

»Du bist mein Velaar. Du hast mein Blut getrunken. Wir sind verbunden. Du gehörst mir.«

Kaylon schloss die Augen und hörte auf seinen Körper. Sein rechter Arm war nutzlos, die Wunde auf der Brust nicht zu tief, aber er verlor Blut. Mit gesenkten Lidern sprach er zu der Elfe: »Asha, Atrîsh Tajana.«

»Achte meine Befehle.«

»Asha, Atrîsh Tajana.«

Er spürte die kalten Fluten der See von Sha'anaar. Er spürte Peitschenhiebe, Schläge und Atemnot. Und er fühlte ihre Stärke in ihm.

»Geh in den Tod.«

Tajana verließ ihn, und Galanor war nicht mehr aufzuhalten. Der erfahrene Kämpfer der Leibgarde seiner Königin griff an. Hier in der Arena von Zul'Sadam sollte

Kaylon Midwinter sterben.

Galanor trug den Säbel, den er dem Erben der Midwinter schon einmal in den Rücken gebohrt hatte. Und an einem Gurt befestigt, hing ein Morgenstern an seiner Seite.

Atrîsh Tajana hatte ihrem Velaar einen Befehl gegeben. Sie waren gebunden. Kaylon Midwinter machte sich nicht einmal die Mühe, seine Waffe zu nutzen. Er ließ das Schwert aus seiner Hand gleiten. Der Säbel schlitzte ihn auf.

Seine billige Ledertunika hing in Stücken und der Staub ließ Kaylon kaum mehr Atmen. Als schließlich der Morgenstern auf seinen Schädel trümmerte war es bald soweit. Der Moment, in dem Kaylon Midwinter sterben sollte.

Er sah auf den von seinem eigenen Blut besudelten Morgenstern, der in den heißen Sonnenstrahlen hin und herschwenkte, während sich sein Gegner nacheinander zu allen Seiten des Publikums verbeugte. Der Mann wartete. Er fühlte die Hitze der Sonne auf seiner Haut, die so viel Zeit in reiner Dunkelheit verbracht hatte. Den Schmerz fühlte er nicht. Er wusste von den Augen seiner Meisterin, die ihn betrachteten. Er wartete, bis sein Gegner sich genug in der Begeisterung des Publikums gesonnt hatte. Er wartete darauf, getötet zu werden.

Von dem Mann getötet, an dem er sich einst zu rächen gewünscht hatte. Der Morgenstern fuhr erneut durch die Luft zu ihm hinab.

Maylin Midwinter hatte sich sicherlich den Tod ihres Bruder nicht genau auf diese Art erdacht. Sie hatte gar nicht geplant ihn sterben zu lassen. Sie wollte bloß nicht, dass er stark vor dem Volk erschien. Sie trat zur Brüstung und rief ihren Leibgardisten.

In diesem Augenblick kreuzte sich Kaylon Midwinters Blick mit dem seiner Atrîsh. Er hörte ihre Stimme, obwohl sie nicht sprach: »Inkarniere Velaar. Töte ihn.«

Es war simpel. Kaylon machte einen einzigen Schritt nach vorn und entging so dem Morgenstern. Seine linke Hand legte sich um den Hals des Gardisten und mit der Kraft seiner Atrîsh drückte er zu. Er zerquetschte Galanor blitzartig die Kehle und war bereits wieder aus dessen Reichweite, als der Leibgardist röchelnd verging.

Die Lautlosigkeit der Masse legte sich erst wieder, als Tajana zu dem Erben der Midwinter ging, ihn mit den Armen umfing und seine Lippen sanft mit den ihren berührte. Das Schweigen der Elfen in der Menge stoppte als erstes: » Sha'lia, Sha a a aa, Sha'lia amble o la.«

Sie brachte ihn schnell aus der Arena zu seiner Garde. Der Hauptmann wusste noch nicht was geschehen war, er war beschäftigt gewesen, die kleine Streitmacht zu mobilisieren. Kaylon Midwinter ließ sich von der Elfe auf sein Reittier helfen.

»Geh.«

Er nickte seiner Atrîsh zu, und der Mensch und seine Garde verließen die Stadt. Tajana war zufrieden. Der zweite Zyklus der Zeremonie war abgeschlossen. Er wäre auf ihren Befehl in den Tod gegangen. Oft machte eine Atrîsh in diesem Zyklus den Fehler zu spät zu reagieren. Oder der in der ersten Phase gefestigte Bund war nicht stark genug, um dem Velaar den Befehl zum Leben per Augenkontakt zu vermitteln. Aber Tajana war eine erfahrene Atrîsh. Überall konnte man den Gesang der Elfen und das Hämmern der Zwerge hören und spüren.

»Ashne valaa, jar dalatûr - Sha'lia nomble o la.«

DER KALTE STEIN

Es war alles dermaßen schnell von sich gegangen, dass Kaylon keine Gelegenheit hatte, Tajana auch nur eine seiner zahlreichen Fragen zu stellen. Aber die zügige Abreise war eine Notwendigkeit, man konnte nicht vorhersehen, wie Maylin Midwinter reagieren würde. Auch die befohlene Treue seiner Garde war in Gefahr, wenn sie Nachricht von der Königin erhielt.

Kaylon bestand auf ein straffes Reisetempo. Eine schnelle Reittruppe würde ihn sicherlich einholen, aber Kaylon setzte darauf, dass seine Schwester als Midwinter nicht übereilt handelte. Außerdem musste sie ihn persönlich töten, nachdem er in aller Öffentlichkeit seine Stärke demonstriert hatte.

Der Erbe Midwinters wusste nicht mehr, wie er der Zukunft entgegen treten sollte. Die Garde war kein wirklicher Schutz, wenn Maylin es auf ihn abgesehen hatte. Mit ihnen konnte er sich bloß schwerer verbergen, und ihrer Treue musste er misstrauen. Doch ohne die Garde würde ihm dort in Midwinter der Tod drohen, wo Maylin keine Soldaten stationiert hatte.

Zwischen den Bäumen eine sehr zügige Tagesreise in den Wäldern nördlich von Assandria hatten sie Nachtlager aufgeschlagen. Kaylon verbot Zelte, er wollte eine schnelle Weiterreise am Morgen. Der Hauptmann kannte den wahren Grund nicht, er dachte, Kaylon hatte den Kampf nicht angetreten. Aber der Erbe wusste nicht, ob der Hauptmann auf magische Weise Kontakt zur Königin hielt. Falls ja, stellte sich die Frage, wann die Königin den Soldaten über den Vorfall unterrichtete. Oder sie unterließ es, damit der Mann nicht auf die Idee kam, Rache für seinen Bruder zu nehmen. Das würde die Königin ihre Gelegenheit auf die eigene Tötung Kaylons nehmen.

Drei Lagerfeuer brannten, es war bereits dunkel im dichten Wald. Kaylon musste sich entscheiden, ob er sich allein davon stehlen wollte. In diesem Augenblick kam der Hauptmann zu ihm: »Die Wachen haben einen Reiter aufgegriffen, der sich dem Lager näherte.«

Tajana. Irgendwie empfand er dies als eine positive Meldung, obwohl ihm nicht deutlich war, warum es ihm so ging.

»Es ist ein Bote der Königin.«

Das positive Gefühl verstarb. Wenigstens würde er in Kürze wissen, woran er war.

Er ließ den Boten herbeiführen und wollte den Hauptmann wegschicken, aber der Mann meinte kalt, dass seine Nachricht für den Hauptmann und für Kaylon Midwinter bestimmt war. Die Wachen würden dem Boten nichts antun, der Mann hatte die Autorität der Königin hinter sich. Ganze Städte waren schon ausgelöscht worden, weil einem Königsboten nicht genug Respekt gezollt worden war.

»Königin Maylin Midwinter beglückwünscht den Erben Midwinters für den Ausgang des Vorfalles bei der Waffenprobe.«

Eine interessante Formulierung. Kaylon musste unwillkürlich Grinsen. Seine Schwester war tatsächlich sehr begabt. Sie wollte den Hauptmann über die wahren Kenntnisse im Ungewissen lassen. Aber das würde Kaylon nicht lange vor ihm schützen.

»Sie tritt für seine Genesung und danach die Bastion Tanis

an ihn ab. Auch entschuldigt sie sich für den daran anschließenden Befehl an die Garde, Euch direkt dorthin zu bringen. Sie sorgt sich zu sehr um Eure Gesundheit um dies als Bitte zu formulieren.«

Die Höhlenbastion Tanis. Eine leicht zu verteidigende und nicht einnehmbare Festung bei den Hjellbergen. Es großzügiges Geschenk. Und ein Ort, der ein Gefängnis für ihn werden sollte. Zwar war Tanis ein richtiges Verteidigungsbollwerk, aber bei einer Belagerung gab es auch keine Fluchtmöglichkeit. Maylin wollte ihn dort sicher verwahrt wissen. Immerhin, er hatte sie herausgefordert.

»Habt Dank. Bitte richtet meiner Schwester meinen herzlichsten Dank für Ihre königliche Großzügigkeit aus. Natürlich werden wir Ihre Wünsche achten und befolgen. Hauptmann Arwion und seine Garde werden mich sicher nach Tanis eskortieren.«

Der Bote hob eine Hand.

»Mir ist nicht erlaubt, zu dieser Zeit zu meiner Königin zurückzukehren. Ich werde Eure Garde begleiten und habe die Aufgabe Ihr Nachricht zu bringen, sobald Ihr sicher Tanis erreicht habt.«

Kaylon lächelte. Dieser Mann war sicherlich kein Bote, eher ein Mitglied des Kalten Steins, dem Teil der königlichen Leibgarde, der als Geheimdienst fungierte. Der Mann würde ihn vor dem Hauptmann schützen. Maylin tat wirklich alles, um ihre Kraftreserve für Notfälle am Leben zu halten.

»Dann seid mir Willkommen, Ashonror. Teilt mein Lager mit uns.«

Aus der Bastion Tanis würde er niemals entfliehen. Das würde sein Kerker werden. Kaylon fragte sich interessiert, ob Ashonror den Hauptmann nur beaufsichtigte oder ihn zu töten hatte. Noch während er darüber nachdachte und den schmächtigen Herrn zum Feuer führte, wurde der Bote von Pfeilen durchlöchert. Das Lager wurde angegriffen.

Kaylon Midwinter kombinierte rasch und rannte. Seine Überlebenschancen waren am größten, wenn er im Lager verharrte, denn seine Garde würde sicherlich angeschlagen werden, aber sich gegen die Rebellen behaupten. Elfische Rebellen, finanziert vom Druidenzirkel Crim'Idor. Niemand sonst würde eine Garde aus der Verstohlenheit angreifen. Aber seine Chance auf Freiheit war am besten weit entfernt von Garde und Elfen. Weit entfernt von Midwinter. Er tauchte in die faszinierende Welt der Bäume ein und lief immer weiter.

Er kam langsam voran, und Elfen waren gute Spurensucher. Außerdem würde ihnen die Elfenfähigkeit der Nachtsicht helfen. Elfen konnten zwar auch in völliger Dunkelheit nichts erkennen, aber bei ein wenig Restlicht durch Sterne oder Monde sahen sie weit mehr als Menschen. Ähnlich wie die Zwerge, die ihr Leben in den Stammesminen verbrachten. Weil man die Elfen aus den Städten immer mehr und mehr vertrieben hatte, waren die Wälder ihre Heimat. Kaylon floh auf feindlichem Terrain. Dass er umstellt war, bemerkte er erst, als sie sich offenbarten. Ihre meisterlich aus Holz geformten Elfenbögen waren auf Kaylon angelegt.

Man sagte, die Elfen schnitzten kein Holz, wie die Zwerge dies taten, sondern sie überredeten es, sich nach ihren Wünschen zu formen. Die Bäume gaben ihnen Hölzer in perfekter Beschaffenheit.

Einer Zenturie auf Penagamn, die seine Identität nicht

kannte, hatte sich Kaylon Midwinter ergeben. Aber einer elfischen Rebelleneinheit auf Midwinter konnte er sich nicht ergeben. Dies wäre sein Tod. Er zog sein Schwert, noch wurden die Pfeile auf den Elfenschlächter nicht abgefeuert.

Er sah den Hass in den Gesichtern der Elfen und beherrschte sich, sie nicht verbal weiter anzustacheln. Im Kampf war die Erregung von Zorn beim Gegner ein geeignete Methode seine Aufmerksamkeit zu schwächen. Aber fünfzehn zielgerichtete Elfenbögen anzustacheln war mehr als unnötig. Er wollte nicht wissen, wie viele der Schützen bereits durch Vergewaltigung geschaffene Bastardkinder von ihm in den Gewässern dieses Waldes ertränkt hatten.

Auch sah er die blutbesudelte Kleidung der Elfen. Es handelte sich um das Blut der Männer und Frauen seiner Garde. Die Elfen vor ihm waren nicht einfache Leute, die spontan zur Waffe gegriffen hatten. Es waren die Elfen, die ihr Leben der Rebellion verschrieben hatten.

»Rosch talchiat ajin!«, stieß eine der Bogenschützinnen aus dem Mund hervor. Das Prinzip der Midwinter in elfischer Sprache. Das Prinzip, an das sich Kaylon Midwinter sein Leben lang gehalten hatte. Spätestens nach diesem Ausspruch war sicher, dass keine Hoffnung darin lag, zu glauben, sie würden ihn gegen Lösegeld freigeben. Vielleicht hatte er ein paar von den Elfenfrauen unter diesen Rebellen sogar schon einmal unter sich gehabt. Diese Biester hatten einfach ein zu langes Leben, darum tötete man sie im Allgemeinen besser bei Unstimmigkeiten. Das hier waren seine Todfeinde.

WAAGE DER ELFEN

Ein Midwinter war kein Feigling, und Kaylon Midwinter schämte sich für keine seiner Taten. Er hob sein Schwert zum Gruß. Nicht weil er plötzlich ehrenvoll war, sondern weil die Elfen dies vielleicht waren. Das könnte ihm einen Vorteil verschaffen.

»A ela ansa car Midwinter lian«, warf er ihnen in ihrer Geburtssprache entgegen. Ein Elf allein tötet keinen Midwinter. Es war eine Herausforderung, und eine der Elfen nahm sie an. Sie schleuderte ihren Bogen beiseite, zog einen langen Elfendolch und nahm den Kampf auf. Da ein Dolch die Länge eines Kurzschwertes hatte, stellte die Elfe eine nicht zu unterschätzende Gefahr dar. Sowie die vierzehn anderen, die nach ihr übrig bleiben würden. Sie sprang ihm entgegen.

Kaylon Midwinter kämpfte lässig und entspannt. Es gehörte viel Beherrschung dazu, dieses Schauspiel aufrecht zu halten. Aber es war wichtig um die Elfen dazu zu bringen, ihm eine Lektion erteilen zu wollen. Und nicht einfach die Pfeile auf ihn abzufeuern. Der Elfenschlächter wusste nicht, wie sie reagieren würden, wenn er einen von ihnen tötete. Daher entwaffnete er die Elfe zu erst geschickt. Diese sprang ihn dennoch mit bloßen Händen an. Das war sicher eine von denen, die unter ihm gelegen hatten.

Er wich aus, stach nicht zu, aber schlug sie mit dem Schwertknauf auf den Hinterkopf nieder. Vierzehn weitere Elfen blieben.

»A ela ansa car Midwinter lian!«

Er war gespannt, wann sie selbst diese Aussage glaubten

und sich spontan dazu hinreißen ließen, die Pfeile zischen, statt sich provozieren zu lassen. Ein weiterer Elf fand seinen Weg auf den Waldboden.

Bevor er dazu kam, seinen Schlachtruf gegen die Elfen ein drittes Mal anzustimmen, packte ihn das Geäst des Waldes. Kaylon Midwinter fühlte, wie sich Ranken um seine Beine schlängelten. Er reagierte und hielt die Spitze an die Kehle der bewusstlos neben seiner Position liegenden Elfenfrau. Die Ranken hielten seine Beine gefangen.

Ein bislang verborgener Elf trat aus dem Wald. Er trug einen Umhang, seine ausgestreckten Arme waren in den weiten Ärmeln verborgen. Im kurz erscheinenden Mondlicht wirkte er blass im halb unter der Kapuze der Robe verborgenen Gesicht. Der Elf kam näher.

»Midwinter, angeklagter und verurteilter Kriegsverbrecher und Massenmörder, Dein Seelenblatt lag auf der Waage der Elfen.«

Er sprach in Elmôn. Wahrscheinlich wollte er mit einem Gespräch mit einem Midwinter die Elfensprache nicht beschmutzen. Die Waage der Elfen bezeichnete ein elfisches Gericht. Es war den Elfen in Midwinter verboten Gericht zu halten, aber Kaylon hatte niemals bezweifelt, dass sie es in ihren Enklaven und im Geheimen in den Städten bei Unrecht untereinander wagten. Anscheinend hatte auch die Rebellion gewagt über den Midwinter zu richten.

»Ein magiebegabter Untermensch, hoch interessant«, spottete Kaylon und blieb damit bei seiner Strategie. Beleidigungen hatte er selten in seinem Leben ernsthaft vertreten, sie waren Mittel zum Zweck. Genauso wie die Elfen seinen Vorfahren unwichtig waren. Sie benötigten lediglich einen Feind zum Vernichten um das Reich zu einen.

»Ein Magier würde Euch verbrennen und nicht mit den Fingern des Waldes fesseln. Ich bin ein Druide«, bemerkte der Elf ruhig. Seine Gesichtszüge waren die eines jungen Mannes. Aber was sagte dies bei einem Elfen aus.

»Ein Druide? Von welchem Zirkel?«

Plötzlich war Kaylons Interesse geweckt, und die Gefahrensituation hatte an Vorrang verloren. Der Elf war sichtlich überrascht von Kaylons Frage.

»Von welchem Zirkel nicht, denn die Wege der Druiden sind weitläufig«, umging der Elf das Thema. Kaylon war versucht, seine Frage fortzuführen. Er überlegte, wie er den Druiden weiter in ein Gespräch verwickeln konnte.

»Lasst die Waffe fallen, Midwinter.«

»Ich töte die Frau, wenn Ihr mich nicht auf der Stelle befreit«, meinte er, denn oft genug hatte eine solche Taktik Erfolg.

»Enshu gon nomble«, murmelte der Druide und eine der Ranken griff stracks die Hand des Midwinters.

»Ihr habt diese Frau bereits vor langer Zeit getötet, Kaylon Midwinter. Jetzt ist unsere Aygar bloß ein rachedürstiger Geist«, erläuterte der Druide. Kaylon ließ das nutzlose Schwert fallen. Mit dem Schwert in der Hand wäre er bloß ein leichter zu vertretendes Ziel für einen Pfeil.

Der Druide verweilte und Kaylons Gedanken wirbelten umher. Der Midwinter suchte nach einem Ausweg.

»Ihr habt Gericht gehalten, ohne mich anzuhören.«

»Der Täter hat auf der Waage der Elfen kein Recht zu sprechen.«

»Aber bei Vollstreckung seines Urteils.«

Der Elf war überascht von Kaylons Kenntnissen. Aber die

Familie hatte immer darauf geachtet, ihre Kinder gut zu unterrichten.

»Ihr könnt gern reden, aber Ihr solltet Euch beeilen.«

»Wer von Euch ist die Sichel des Seelenblattes?«

Kaylon ahnte, dass dies ein Exekutionskommando war, das die Elfenrebellen und ihr Gericht geschickt hatten, als man merkte, wie günstig die Zeiten standen. Wenn er jetzt starb wäre seine Schwester nicht erfreut, aber ihre Vergeltung würde sich in Grenzen halten.

Eine Elfenfrau trat mit beherrschtem Gesicht vor ihn. Die Sichel war von der Waage der Elfen beauftragt ihn zu töten. Aber der Sichel kam auch die Aufgabe zu, den letzten Worten des Verklagten zu lauschen. Sie konnte das Urteil dann ablehnen.

»Ich bin die Sichel«, erklang die weiche melodische Stimme der Frau, »Und nichts kann mich von dem Urteil abbringen.«

»Und ich«, sprach der Druide, »bin der Prüfer. Ich werde beeiden, dass Ihr der Mann seid, der verurteilt wurde.«

Der Druide legte seine Hand auf Kaylons Stirn und begann konzentriert in sich hinein zu murmeln. Die Sichel zog bereits eine wie ein Halbmond geformte Klinge. Damit würde sie seinen Hals durchtrennen.

»Sprecht schon mal«, sagte die Elfenfrau und fuhr mit ihrer Fingerspitze die Schneide entlang, »dann geht es schneller.«

Sie freute sich darauf, ihm das Leben zu nehmen. Kein Wunder, das Gericht hatte sicher nicht nach Freiwilligen suchen müssen. Es war schon schwieriger jemand unbefangenen zu finden, wie es Gesetz der Elfen war.

Der Druide trat zurück, und die Frau legte ihre Klinge an Kaylons Hals an.

»Was, doch keine Worte?«, meinte sie zynisch. Dem Midwinter wollte nichts rettendes einfallen.

Der Druide legte die Hand auf den Arm der Frau.

»Halte ein, Sichel«, sprach er auf elfisch mit verwirrtem aber bestimmten Ausdruck.

»Er ist nicht Kaylon Midwinter.«

Kaylon sah nun mindestens genauso erstaunt aus. Die Elfenfrau schnitt ein wenig in sein Fleisch, das war aber eine unbeabsichtigte Handlung. Sie war bei den Worten des Druiden zusammen gezuckt.

»Was, Prüfer?«

Der Druide zog ihre Hand mit der Waffe von dem Gefangenen.

»Ich habe ihn geprüft.«

»Das ist Kaylon Midwinter«, schrie die Elfe. Kaylon hätte beinahe bestätigend genickt, konnte sich aber zurückhalten. Er überließ es besser dem Druiden, zu verhandeln. Das schien sich als günstig zu erweisen.

»Er war Kaylon Midwinter. Aber er hat seine Identität verloren«, sprach der Druide und wandte sich dann an Kaylon selbst, »Sagt mir, seid Ihr einen Bund eingegangen?«

Die Frau sagte zornig: »Wie soll man seine Identität verlieren?«

Kaylon antwortete dem Druiden in dessen Geburtssprache: »Ja, ich bin einen Bund eingegangen. Ihr kennt das?«

»Ich habe davon gehört. Nur wenige Druiden können einen Bund weben. Ich kenne keinen Orden, in dem Druiden zugeben es zu beherrschen. Nennt mir den Zirkel.«

»Der Ring der Sha'anaar.«

Der Druide wurde sichtlich aufgeregt und brachte schnell alle dazu die Waffen zu senken. Die Sichel scheuchte er weg aus Kaylons Nähe. Kaylon blieb gefangen. Der Druide ließ seine Gruppe im Schatten verweilen und zog es vor mit dem einstigen Midwinter im Vertrauen zu reden.

»Der Ring hat Euch berührt, Kaylon Midwinter?«

»Ich bezweifle, dass sie zu Beginn wussten, wer ich war.«

Der Druide löste die Fesseln soweit, dass Kaylon sich hinsetzen konnte. Auch der Elf nahm auf dem Waldboden platz und reichte dem Menschen ein Stück pflanzliches Elfenbrot. Kaylon bis davon ab: »Ich hatte schon Elfenfleisch mit mehr Geschmack als dieses Zeug.«

Der Druide warf einen Wasserbeutel in seine Reichweite und erwiderte: »Ich hatte schon Menschenfleisch, dass zäher war. Was hat der Ring Euch aufgetragen?«

»Ich nehme an, ich bin die Waffe einer Druidin des Zirkels.«

Kaylon wollte gewiss nicht alle seine Informationen preisgeben. Aber er erhoffte etwas zu erfahren.

»Ihr denkt, Ihr seid eine Waffe?«

»Sha ist die Wache, die Wächter. Die Druiden vom Ring sind die Wächter von Anaar. Und die Männer sind die Waffen«, berichtete er, was er durch Lesen gelernt hatte.

»Hm, das kenne ich anders«, philosophierte der Druide, »In den Legenden die ich kenne sind die Druiden, also die Frauen vom Ring, die Schilder und die Männer die Schwerter. Schwert und Schild von Anaar. Dabei symbolisiert Schwert und Schild bei uns Elfen eine zusammen gehörige Einheit aus zwei einzelnen Teilen. Schwert und Schild gemeinsam sind das, was man braucht um zu verteidigen. Schwert und Schild sind das Sha, die Wächter.«

»Und das Anaar?«, fragte Kaylon.

»Das wisst Ihr besser als ich, wenn Ihr Teil des Rings seid. Es ist das Geheimnis der Sha'aanar.«

Einige Zeit war es still. Man vernahm die Diskussionen der Elfen nebenan. Kaylon glaubte auch Menschenstimmen zu vernehmen, wahrscheinlich einige Gefangene seiner Garde.

»Werdet Ihr mich richten?«

Der Druide schüttelte den Kopf. Die Antwort fiel ihm offensichtlich nicht leicht, der Hass auf den Midwinter war groß.

»Nein. Ihr seid nicht mehr der Kaylon Midwinter, über den das Urteil gefällt wurde. Ihr gehört Euch nicht. Das Urteil wird von der Waage der Elfen aufgrund meiner Prüfung nach meiner Aussage aufgehoben werden.«

DER ELMBUND

Hauptmann Arwion folgte Kaylon durch den Wald. Es war noch immer sehr dunkel, bis zum Morgengrauen lagen noch viele Sandkörner im oberen Glas der Weltenuhr. Der Soldat stöhnte ein weiteres Mal, als er über eine Wurzel stolperte und aufgrund seiner gefesselten Hände kein Gleichgewicht halten konnte. Plump richtete der Offizier sich auf.

»Beherrscht Euch, Hauptmann. Wir werden schon noch einen Magier finden, der das Elfenseil lösen kann.«

Kaylon wusste, dass es dem Hauptmann nicht gefallen hatte, den Rest der gefangenen Soldaten zurückzulassen. Aber Kaylon hatte ihm gesagt, dass es schwierig genug war, die Elfen dazu zu bringen, ihn selbst und den Hauptmann freizulassen. Hauptmann Arwion war sehr interessiert gewesen, wie der Elfenschlächter es geschafft hatte, das auszuhandeln.

»Das ist eine Strategie der Elfen. Sie hoffen, dass ich gegen meine Schwester Krieg führe, und das die Position der Elfenrebellion stärkt«, hatte er dem Offizier erläutert.

»Aber warum hat man uns dann angegriffen?«, hatte der Hauptmann irritiert gefragt.

»Um mir eine Zusammenarbeit anzubieten«, gab Kaylon vor.

»In welcher Form?«, ließ der Hauptmann nicht locker. Da war es Zeit gewesen, ihm die Auskunftsfreudigkeit der Midwinter zu beweisen. Kaylon hatte dem Gefesselten seine Faust schwer ins Gesicht geschlagen. Als der Mann am Boden lag, hatte er sich vor ihm aufgebaut und ihm leise gesagt: »Denkt Ihr, ein Midwinter wird das mit Euch diskutieren? Wir werden meine Schwester aufsuchen und besprechen, ob wir uns bezüglich der Rebellion nicht einig werden können.«

Der Hauptmann stellte seine Geduld nicht weiter auf die Probe, während sie durch den Wald liefen. Arwion wurde erst skeptisch, als er die Obelisken bemerkte. Es half ihm nicht. Der Hauptmann war Kaylon Midwinters Schlüssel zu seiner neuen Reise durch den Elmbund. Die letzten Worte, die der verblutende Hauptmann hörte, waren ein Flüstern in seinen Ohren: »Dein Bruder stieß mir sein Schwert in den Rücken. Ich habe ihn dafür getötet. Jetzt töte ich Dich. Kopf um Auge!«

Das Prinzip der Midwinder bei notwendiger Rache, die nicht Gleiches mit Gleichem vergelten sollte. Midwinter strebten nicht die Balance an. Rache war Bestrafung und ein Exempel. Das Blut des Offiziers floss über den Altar des Schicksals.

Es hätte effizientere und sogar schnellere Wege zu dem Ziel Kaylons Reise gegeben, weniger erforderliche Opfer. Aber dazu hätte er länger auf Midwinter verweilen müssen, bis es ein Mondtor gegeben hätte, das keine Umwege kostete. Und seine Heimatwelt war für Kaylon kein sicheres Feld. Der Druide hatte ihm in der Zeit unter den Rebellen einen Weg berechnet. Kaylon betrat einige Welten, lockte Fremde in die Falle und ergoss deren Leben auf den Altären der Mondportale. Bis er zuletzt in der richtigen Nacht in Penagramn durch das Portal von Glannes schritt.

Auf seiner Reise durch den Elmbund hatte er sich verdeckt gehalten. Kein ausschweifendes Leben, sondern die Stille und Abgeschiedenheit der Natur. Er versuchte allem auszuweichen, was nicht der Tier- oder Pflanzenwelt angehörte, mit Ausnahme der erforderlichen Opfer. Er ernährte sich von dem, was er fand, und was er jagen konnte. Der Elmbund war in Aufruhr. Fast jede Welt hatte Armeen nach Penagramn entsandt. Kaylons Mutter hatte sich der Vorgabe dieser Welten nicht angeschlossen und eine andere Strategie gewählt. Sie war damals entschlossen, lieber Midwinter selbst zu sichern.

Der große auf Penagramn operierende Teil des Elmbundes riskierte die Stabilität der eigenen Welt um die wichtigen Ressourcen von Penagramn zu erobern. Dazu war den ausgesandten Kriegstruppen jedes Mittel recht.

Die Familie Midwinter hatte ihrer Welt nicht umsonst ihren Namen aufgepresst. Die Midwinter waren machthungrig, aber nicht größenwahnsinnig. Ihnen hatte immer ihre eine Welt gereicht. Eine Philosophie der Midwinter lautete: Nimm, was Du verteidigen kannst. Und die Familie verteidigte Midwinter. Die Mondtore waren gut bewacht und geschützt. Eindringenden Armeen drohte die Vernichtung.

Außer das von den Elfen geheimgehaltene Mondtor im Wald von Alwynn. Es musste dieses Mondtor sein, durch das das elfische Rebellenpack Kontakt mit dem Crim'Idor hielt und durch welches sie wertvolle Rohstoffe geliefert bekamen. Vielleicht gab es weitere. Der Druide hatte Kaylon die Position dieses Portals gezeigt, bevor er ihm den gefesselten Hauptmann aushändigte und beide gehen ließ. Es war sicherlich ein Fehler des Elfen gewesen, denn wenn Kaylon Midwinter jemals doch Herrscher von Midwinter würde, wäre dieses Portal der Elfen als erstes in Gefahr. Aber was auch immer der Druide in Kaylon gelesen hatte und von Sha'anaar wusste, hatte gereicht genug Vertrauen in den Todfeind zu setzen.

Kaylon hielt sein blutbeschmiertes Schwert an seiner Seite, die Klinge, die ihm Aminar ausgehändigt hatte. Er wandelte beinahe wie in Trance in die Welt hinter dem Mondtor von Glannes. Der Midwinter spuckte auf den Boden der neuen Welt und verfluchte alles. Er verfluchte seine Existenz, seine Vergangenheit, sein Leben. Er verfluchte die Welt Midwinter und alle Welten. Nichts besaß er mehr, alles war umsonst gewesen. Er sah die Trauer kommen, wie sie als eine schwarze Flut auf ihn prallte und ihn niederzureißen drohte. Doch er spuckte auch auf sie und ging weiter, getragen von seiner Sturheit und dem unbändigen Wunsch der Midwinter, sich nichts und niemandem zu beugen. Und wenn die ganzen Welten ihn verdammten, er würde nicht weichen und nicht zerbrechen. Er war ein Midwinter. Und mit oder ohne Klinge würde er aufrecht seinem Schicksal entgegen treten.

Kaylon erreichte den Strand am Ende seiner Wanderung. Staub von der Reise lag auf seiner Kleidung. Er hatte sich Mühe gegeben, die Kleidung und seinen Körper regelmäßig zu waschen, und die einzig noch vorhandene Wunde an der Brust rein zu halten. Dennoch kam er schmutzig vom letzten Wegstück gezeichnet an.

Die grau ummantelten Wachen am steinigen Strand traten vor ihn. Kein Midwinter war es gewöhnt, dass sich jemand in seinen Weg stellte. Doch dieser Midwinter zog seine Waffe nicht. Er sprach die Unbekannten in Eshnu'Vilanus an, sie zeigten keine Reaktion. Erst auf seine in Elmôn geäußerte Bitte hin, gaben sie die letzten Meter zum Wasser frei. Doch kein Boot kam ihm entgegen, so lange er auch wartete.

Kaylon Midwinter biss sich missmutig auf die Lippen, aber dann entkleidete er sich und verpackte seine Sachen in den ledernen Rucksack, den er am Rücken bei sich trug. Er knotete ihn fest um, und trat in die kalten Fluten. Das Meer war heute friedvoll, aber Wellen durfte man niemals unterschätzen. Es war ein gewaltiger Kraftakt, aber Zug um Zug näherte sich Kaylon Midwinter der Festung der Sha'anaar, in deren Mauern er seine Identität an seine Atrîsh verloren hatte.

Die Gedanken an den Krieg in Penagramn, den er von weitem hatte toben sehen, sowie alle anderen Gedanken, wurden weggespült von der Kraft des Wassers. Hier im Meer war er allein. Allein und ohne seine Identität. Er war nicht mehr der kommende Herrscher von Midwinter. Nicht mehr Sohn, nicht mehr Bruder. Nicht einmal mehr Erbe. Er war nichts. Nichts ohne seine Atrîsh. Es war befreiend.

ATRÎSH UND VELAAR

Die ihm bekannte Elfe namens Aminar stellte sich vor ihn. Ihr schwarzes Haar hing lose im Nacken.

»Wer bist Du?«

Kaylon legte sein Schwert vor die Füsse und kniete nieder. Er trug wieder seine vom Schwimmen nass gewordenen Sachen.

»Mein Name ist Kaylon Midwinter. Wer ich bin, weiss ich nicht.«

»Was ist Dein Besitz?«

»Ich habe nur, was ich am Körper trage. Und das ist, wie ich es bin, meiner Atrîsh Tajanas Besitz.«

»Warum bist Du hergekommen?«

»Meine Atrîsh hat verlangt, dass ich herkomme, sobald ich dies möchte. Ich sehne mich nach Ihr.«

Er dachte an ihre strahlenden blauen Augen und hatte keinerlei Ahnung, warum er hier war. Aber nichts würde ihn umkehren lassen.

»Der verlorene Sohn ist zurückgekehrt. Deine Atrîsh ist nicht hier. Sie bringt einen ihrer Velaar nach Vyanheim.«

Vyanheim, eine Stadt eine Schiffsreise auf dem Fluss von Soho entfernt. Kaylon fühlte sich, als hätte man ihm ins Gesicht geschlagen. Kein brutaler Faustschlag, sondern ein entehrender Schlag mit der flachen Hand. Er war einer unter vielen.

»Inaa, bringt den Velaar in eine freie Kammer. Es liegt an Dir, ihn bis zu seiner Atrîsh Tajanas Rückkehr zu betreuen.«

Aminar hatte dies auf Elmôn zu der Elfenmädchen gesagt, und die Novizin nickte erfreut. Ein anderes Mädchen trug sein Gepäck fort, und Inaa deutete Kaylon an, ihr zu folgen. Sie führte ihn in einen kleinen Durchgangsraum am Rand der Festung zum offenen Meer. Kaylon bemerkte dies, da eine enge Öffnung in der Mauern nach draußen führte. Er sah den Horizont und die sich spiegelnde Sonne im Meer.

»Leg Deine Kleidung ab, Du wirst neue bekommen.«

Er entkleidete sich wortlos und stieg dann eine Wendeltreppe hinab, die sich in die Tiefe drehte. Es gingen auch Kammern ab um das Bedürfnis nach einem Abort zu stillen. Dort unten wurde das Mauergestein felsiger, und er betrat eine Höhle, von der Wasser zahlreich von der Decke prasselte und im Boden versickerte. Mit dort ausliegenden Schwämmen und honigähnlichen Stoffen, die in Schalen am trockenen Rand des Gemäuers auslangen, wusch er sich. Seit Tagen verspürte er auf seiner Haut wieder ein angenehmes Gefühl. Der Raum selbst war eine Sackgasse, das Mädchen wartete oben auf ihn. Er kehrte zu ihr zurück, und sie reichte ihm braunen Stoff, den er sich wie einen Umhang umwickelte.

Das Mädchen betrachtete ihn verstohlen. Kaylon spürte einen Hauch ihrer Unsicherheit, aber er hatte keine Absicht sie zu testen. Er wusste, was sie ihm bereits zuvor mit den anderen Novizinnen angetan hatte.

»Hast Du Hunger, Velaar?«, fragte sie ihn betont kalt. Das Mädchen war hübsch und würde sicherlich eine großartige Elfe im Sha'anaar werden. Er wusste noch nicht, wie ihre Frage gemeint war, aber warum sollte er lügen?

»Ja«, sagte er zuerst knapp und dann schien es, als wolle er etwas hinzufügen, aber nicht genau zu wissen um welche Wörter es sich handelte.

»Ich bin Inaa. Nenn mich so.«

»Ja, Atrîsh Inaa.«

Sie warf seine alte Kleidung in einen Korb und bemerkte dabei im neutralen Ton: »Nein, Du hast nur eine Atrîsh. Nenn mich beim Namen. Komm, es gibt bald das Abendmahl. Du kannst es im Saal einnehmen, denn heute ist der Tag Deiner Rückkehr.«

Sie führte ihn in einer mit zahlreichen Fackeln wunderschön beleuchteten Raum, dessen Wände kaum ersichtlich waren. Die Mauern waren gesäumt mit blühenden Sträuchern und Pflanzen, der Boden war weich dank Moos und Gras. Es fühlte sich gut unter seinen unbekleideten Füßen an. Ein reichlich verzierter riesiger Holztisch in Form eines Bogen nahm den Raum ein. Die Tischbeine wirkten, als wäre das Holz nach Belieben aus dem natürlichen Boden gewachsen. Unzählige Speisen waren dort gedeckt. Elfenfrauen des Rings saßen auf der äußeren Seite des Bogens. Diese Plätze waren beinah vollständig besetzt. Auf der Innenseite saßen vereinzelt einige menschliche Männer in grauen Roben. Sie trugen ihre Kapuzen, die Spitze nach hinten geknickt. Die Gesichter lagen frei, aber meist im Schatten aufgrund der nach unten gebeugten Köpfe.

Inaa wies ihn auf einen Platz gegenüber einer freien Stelle auf Seite der Elfen, den sie für sich wählte. Die zwei Mädchen links und recht von ihr kicherten sich über sie hinweg an, doch ein ernster Blick von Inaa ließ die beiden in ihrer Belustigung anhalten. Kaylon hatte niemanden neben sich. Die Speisen dufteten verführerisch. Er hatte in den Tagen als Erbe der Midwinter gut speisen können, aber auf seiner letzten einsamen Reise durch den Elmbund nicht. Es gab alle edlen Nahrungsmittel, wozu im Elmbund insbesondere Kräuter, sauberes Tierfleisch und bestimmte gegrillte Pflanzen wie die Yassis zählten. Auch zahlreiche Gewürze gab es als Auswahl in Muschelschalen.

Inaa wählte einige Esswaren aus, und legte sie auf die besonders große Muschelschale vor Kaylon, wie sie bei allen Plätzen lagen. Muscheln dienten auch in anderen Regionen des Elmbundes, die am Meer lagen, häufig als Geschirr.

»Genieße die Kost«, meinte das Mädchen rechts von Inaa zu dem Velaar. Inaa nickte ihm zu.

Er aß langsam und mit Bedacht. Inaa nahm sich selbst Speisen und sprach bei dem Mahl mit den Mädchen neben sich. Kaylon versuchte sie nicht zu intensiv anzublicken, was ihm nicht schwer viel. Hier angekommen, verspürte er endlich wieder Hunger und schmeckte die Köstlichkeiten. Er kannte auch die anderen beiden Mädchen. Sie hatten ihm unvorstellbares angetan.

Inaa goss Kaylon Wasser aus einem verschlungen gewachsenen innen hohlen Holzstück, das mit Tierleder ausgelegt war, in die feste dichte Blüte der Thaljuarn-Pflanze. Der feine Blütenstaub mischte sich mit dem eingefüllten Wasser und ergab ein ganz leicht alkoholisches süßes Getränk. Weit entfernt am Bogentisch saß auch Aminar.

»Woher stammst Du, Velaar?«, fragte das Mädchen links von Inaa. Kaylon hielt inne und sah ein kleines Stück auf.

»Ich wurde im Eis des Fyanlandes geboren. Ich wuchs teils in der Festung dort auf, teils in Elassus. Und überall sonst auf Midwinter.«

»Du hast in Elassus gelebt. Sollten dort nicht eigentlich Elfen leben?«, meinte das andere Mädchen neben Inaa.

»Das taten sie lange Zeit«, erwiderte Kaylon und beugte sich wieder tiefer. Inaa legte ein paar Speisen auf seiner

Muschel nach. Sie beachtete dabei, was ihm offensichtlich besonders gut geschmeckt hatte.

»Das ist nur Konversation, Velaar. Kein Grund zur Besorgnis«, bemerkte sie.

»Elassus ist wunderschön. Viele Elfen sind dafür verantwortlich, dass Elassus weiter wächst und gedeiht. Diese Elfen leben in Elassus, wenn auch nicht, wie sie sich dies wünschen. Es ist dennoch einer der wunderbarsten Orte, die ich je gesehen habe«, er sprach dies leise, aber deutlich.

»Und wie ist die Festung Midwinter?«, fragte Inaa.

»Kalt und herzlos«, sagte Kaylon beinah leicht verschmitzt.

Die Mädchen kicherten. Selbst Inaa gelang es nicht einen ernsthaften Blick zu wahren. Kaylon war häufig ein unterhaltsamer Gastgeber gewesen. Zahlreiche wichtige Persönlichkeiten seiner Heimatwelt hatten Wortwechsel mit ihm genossen. Einige von ihnen hatte Kaylon danach zwar nicht bei einem guten Glas vergiften lassen, sondern eigenhändig erdolcht, doch dies hatte politische Gründe.

»Was ist mit den Zwergen Eurer alten Heimatwelt. Engagieren sie sich auch im RarDak?«

Der RarDak war die sich selbst auferlegte Blutsverpflichtung der Zwerge, die Welten auszuhöhlen. Die Verfechter des RarDak behaupteten, dass ihr Netz von Tunneln und Höhlensystem, ihrer Welten in den Welten, erforderlich war um alles zusammen zu halten. Die Sichtweise des RarDak existierte schon lange, aber seit einigen Jahren wurde es auf vielen Welten immer extremer. Zwerge flüsterten immer häufiger und immer verstohlener vom RarDak. Zahlreiche Kriege hatten sie geführt um in von Menschen oder Elfen beherrschten Gebieten Minen bauen zu können. Vielen Städten gefiel es nicht untertunnelt zu werden, doch niemand wusste so genau, wie weit das Weltennetz schon gesponnen war.

»Wir haben es Ihnen verboten.«

»Das Verbot hat ausgereicht?«

»Ich schloss die Mine von Keygon selbst und zeigte den Zwergen, was Midwinter vom RarDak hält.«

Kaylon erinnerte sich gut an den Todesnebel, der vor der Versiegelung in die Tunnel gekrochen war. Kein Zwerg blieb am Leben. Danach waren die Zwerge zuvorkommender gewesen, wenn einer der Minenkontrolleure der Midwinter bei ihnen erschien. Voller Hass, aber zuvorkommend.

»Aber auch die Zwerge von Midwinter haben sicherlich Schächte in die anderen Welten errichtet.«

»Falls sie das taten, dann im Geheimen. Die Kontrolleure Midwinters sind sehr findig.«

Die Mädchen plauderten ein wenig miteinander in Shalaan'lanus und ließen Kaylon ungestört Speisen. Inaa führte Kaylon später in seine Kammer. Sie öffnete seinen Umhang und sah nach der Wunde an der Brust. Auch die Spuren ihrer früheren Behandlung waren noch zu sehen, aber mehr als bald verblassende Muster.

Die Kammer war eng und hoch. Kaylon hätte zweimal übereinander hinein gepasst. Ganz oben war ein winziger Schacht nach draußen, durch das vergehendes Sonnenlicht strahlte. Unten waren winzige Löcher, damit eintretendes Regenwasser abzulaufen vermochte. Es gab eine schmale Pritsche, auf der Kaylon während der Untersuchung harrte. Die schmalen Hände des jungen Mädchens schmierten eine Salbe auf die Wundränder.

»Du brauchst die Hilfe der Atrîsh dabei. Aber die Paste wird helfen.«

Sie hätte ihm auch das Geschenk ihrer Lippen anbieten können, aber den Novizen oblag zu wenig Macht. Eine andere Atrîsh konnte jedem Wesen Erneuerung schenken, aber dies geschah selten. Der Bund verstärkte ihre Macht, und die Atrîsh empfanden es als unangebracht jemanden ihr Geschenk zu bieten, der mit ihnen nicht verbunden war. Es gab Ausnahmen, aber dann mussten die Gründe ihre Abneigung überbieten. Außerdem würde es eine Atrîsh nicht gern sehen, wenn eine andere Atrîsh ihren Velaar erneuerte.

»Danke.«

»Ruh Dich jetzt aus, Velaar. Ich werde zwischendurch nach Dir sehen. Ich hole Dich auch zweimal am Tag ab, damit Du in die Waschbereiche kannst. Essen wirst Du hier einnehmen.«

Dann wies sie ihn noch mit freundlichen Blick darauf hin: »Verlasse die Kammer nicht allein.«

Das Mädchen verschwand durch den Vorhang. Ein dunkler roter Stoff verhing die Öffnung der Kammer. Kaylon wurde nicht eingeschlossen, es gab hier in diesem Bereich für die Velaar keine Türen. Es war anders als in dem Verlies, in dem er hier zuerst gehalten worden war.

Kaylon rief mit geminderter Stimme: »Inaa?«

Die Novizin kam zurück und lächelte wieder bezaubernd mädchenhaft, beinah ein wenig scheu. Dabei war er es, der wenn dann Grund gehabt hätte, sie zu fürchten.

»Stell Deine Frage.«

»Eine Atrîsh… sie hat mehrere Velaar?«

Inaa stand im Gang und hielt den Vorhang offen.

»Eine mächtige Atrîsh hat zahlreiche Velaar in ihrem Leben, oft mehrere zur gleichen Zeit.«

Er wirkte ein wenig betroffen, daher fügte sie noch etwas

an: »Aber der Bund ist unterschiedlich stark, und die Kraft zwischen ihnen variiert von Velaar zu Velaar. Dies zeigt sich auch darin, ob eine Atrîsh ihren Velaar entsendet.«

»Darf ich wissen, was das bedeutet?«, fragte Kaylon das Mädchen vorsichtig. Ihr nächstes Lächeln war nicht mehr auch nur im Geringsten zurückhaltend: »Die meisten Velaar werden fort geschickt und müssen Positionen und Rollen in den Welten einnehmen. Sie erwarten Befehle ihrer Atrîsh, während sie ihre neue Rolle leben. Und sie ernähren sich von der Hoffnung ihre Atrîsh selten nah zu erleben. Ruh jetzt, Velaar.«

Der Vorhang schloss sich und Inaa ging. Der dritte Zyklus war abgeschlossen. Der Velaar war freiwillig zurückgekehrt. Ein letzter Zyklus war noch erforderlich um die Zeremonie zu beenden.

DER LETZTE ZYKLUS

Als er zwei Tage später die Augen öffnete, nachdem er eine Berührung am Kopf verspürte, erblickte er die kalten blauen Augen seiner Atrîsh.

»Zurückgekehrt aus Midwinter«, stellte diese fest, als er leicht verschlafen den Kopf zu ihr wandte. Ein Midwinter hatte einen leichten Schlaf. Aber die Paste, mit der Inaa ihn die Tage versorgt hatte, verursachte tiefe Träume. Er wollte aufspringen, aber Tajana drückte ihn vor seiner Pritsche stehend herunter.

»Willst Du Herrscher von Midwinter sein?«

»Nein. Ich bin Euer Besitz, Atrîsh Tajana. Ich will sein, was Ihr von mir nach Euren Wünschen verlangt«, erwiderte der Velaar zu seiner eigenen Überraschung.

»Dein Blut wird die Grotte tränken. Sicher, dass Du nicht dem Bund entfliehen willst?«

»Ich möchte bei Euch sein, Atrîsh Tajana.«

Sie erlaubte ihm dies. Es war noch Nacht, sie war von ihrer Reise heimgekehrt. Aminar ruhte bereits, aber eines der Mädchen hatte ihr gesagt, dass ihr Velaar auf sie wartete.

Kaylon blickte in die Flammen des Feuers im Kamin von Tajanas Gemach. Sie legte eine Hand auf seine Schulter, er spürte ihre Finger durch den dünnen Stoff des Umhanges. Der verlorene Erbe der Midwinter kniete mit dem Rücken vor seiner Atrîsh. Langsam wandte er sich und versuchte dabei seine feuchten Augen rasch trocken zu wischen, damit sie dies nicht bemerkte.

»Warum weinst Du, Kaylon?«

Er schaute ertappt. Sie hatte ihn mit seinem Namen

angesprochen, aber darauf reagierte er jetzt nicht.

»Ich weiss es nicht. Ich weiss seit letzter Zeit vieles nicht.«
Tajanas strahlend blaue Augen reflektierten die Flammen.

»Es ist kein Zeichen von Schwäche, Kaylon. Vor allem
nicht bei Dir. Du warst sehr stark in der ersten Phase.«

»Jedes Verletzlichkeit ist ein Zeichen der Schwäche unter
den Midwinter. Dies wird nicht geduldet. Mein Vater lehrte
mich, was Tränen bedeuten.«

Eben der Vater, der Kaylon auch gelehrt hatte, wie er
seinen Erzeuger im Kampf zu töten hatte. Dieser Kelch ging
an Kaylon vorüber, als sein Vater im Krieg gegen feindliche
Invasoren bei der Verteidigung eines Mondtores fiel. Seinen
Truppen war es geglückt, das Portal zu halten. Seit dem Tag,
hatte Königin Aylis geherrscht, Kaylons Mutter. Sie war
nach der Nachricht über den Tod des König nach Fyanland
zur Festung Midwinter aufgebrochen, da sie nicht mehr
länger vor ihren Kindern sicher war.

»Was lehrte er Dich denn?«, meinte Tajana mit
interessierter Stimme.

»Tränen sind für die, welche sich nicht nehmen können
was sie begehren.«

Tajanas dichte Augenbrauen hoben sich. Ihre Dunkelheit
stand im Kontrast zum goldenen Haar.

»Dann weinst Du wohl, weil es etwas gibt, das Du Dir
nicht nehmen kannst, aber möchtest.«

Kaylon biss sich fest auf die Lippen und wich ihrem Blick
aus. Er sagte nichts, so dass sie bald ihre Stimme wieder
erklingen ließ: »Willst Du mir nicht sagen, was Du
möchtest, Kaylon?«

Er starrte auf den Boden, das samtige Fell. Tajanas
Kammer hatte kein anderes Nachtlager, sie zog es wie einige

der Elfen der Sha'anaar vor, auf dem Boden zu nächtigen.

»Vielleicht ist der Grund, dass ich Euch nichts abschlagen kann, derselbe Grund, dass ich versuche dies vor Euch zu verbergen«, versuchte er es mit einer Erklärung. Sie verstand ihn besser, als er dies selbst tat.

»Du würdest mir nicht sagen, was Du möchtest, aber Du würdest Deine Hand für mich in das Feuer halten, nicht wahr?«, bemerkte die Elfe.

»Ich lege meine Hand für Euch über die Flamme«, sagte Kaylon und sah tief in ihre wunderbaren klaren Augen, »aber bitte sagt mir rasch, dass ich sie aus dem Feuer herausnehmen soll. Ich werde es sonst nicht tun.«

Er sprach dies ernst und beherrscht aus um ihr nicht seine zerbrechliche Schale zu offenbaren. Ein Wort, und er würde sich voller Liebe in den Tod stürzen. Doch ein weiteres Wort, und er würde für sie leben.

Der Mensch schob seine Hand in die Flammen. Die Elfe zog ihn zurück.

»Du bist bei mir. Was möchtest Du noch?«

Er zitterte und wusste nicht, warum. Sein ganzes Leben lang hatte er andere seinem Willen untergeordnet und machtvoll danach gegriffen, wonach es ihm dürstete. Heute wusste er nicht, was er brauchte.

»Bei Euch bleiben dürfen«, hörte sich der Mensch sagen. Tajana blickte ihn ernst an. Dann öffnete sie seinen Umgang und betrachtete die Wunde. Er wünschte, er hätte dies nicht ausgesprochen. Einen solchen Wunsch zu offenbaren, war, wie eine gewaltige Schwäche preiszugeben. Wer Wünsche nicht äußert, bekommt sie schwerlich erfüllt. Doch was, wenn man daran zugrunde ging. Ein unerfüllter Wunsch ist weit schmerzhafter, wenn er geäußert wurde. Doch ist dies nicht das Risiko wert? Gehört nicht Leid zu jedem Liebeswunsch, wie auch Hoffnung? Aber das war ein Gefühl, das Kaylon noch weniger kannte.

»Jetzt kümmern wir uns um Deine Heilung«, sprach die Elfe. Liebe ist ein seltsames Spiel. Nur, wer gegen sie verliert und unterliegt, ist der Gewinner.

Kaylon wusste nicht, dass sie am nächsten Tag gedachte, ihm beizubringen sie zu hassen. In dieser Nacht heilte sie ihn nicht nur. Sie stieß seine Hände nicht beiseite, sondern ließ zu, dass diese sich auf ihren Körper legten.

Kaylon berührte die Elfe sehr vorsichtig, tastete zaghaft, statt forsch vorzugehen. Er hatte unzählige Menschenfrauen und Elfendamen gespürt, sie benutzt und gezwungen, seiner Lust nachzukommen. Sie alle hatten ihm den Tod gewünscht, nicht wenige von ihnen hatte er dafür im Anschluss gemordet. Andere hatte er in Schmach weiterleben lassen. Heute war es anders. Er trug Sorge, gegen Tajanas Willen zu agieren. Es war keine Angst vor allStrafe. Es war die reine Sorge, etwas zu tun, was sie nicht wollte. Niemals hatte ihn interessiert, was ein anderer wollte oder ablehnte.

Liebe kannte keine Regeln. Dabei konnte man ein Spiel erst richtig spielen, wenn man sich der Regeln bewusst war. Doch Liebe war kein Spiel mehr, nicht für Kaylon.

Als sie am Morgen aufgewacht waren, liebkosten sich Tajana und Kaylon einige Zeit. Sie hatten in der Nacht beieinander gelegen und sich mit den Händen Zärtlichkeiten geschenkt, aber sich nicht vereinigt. Kaylon hatte Befriedigung darin gefunden, dem stark vorhandenen Drang nicht nachzugehen, da sie ihn dazu nicht ermutigt hatte. Er hätte nicht gewagt, es ohne ihren Willen zu tun. Allein sie angeschmiegt zu spüren, zu küssen und überall herzen und streicheln zu dürfen war mehr, als er jemals zuvor hatte.

Sie stupste ihn an, und trotz ihres immer ernsten Gesichtsausdruckes sah er eine Heiterkeit versteckt in ihren Augen. Sie richtete sich vom Nachtlager auf und reckte ihren Körper, den er bewundernd betrachtete. Als sie sich wieder zu ihm legte, schob sie Plajab, ein elfisches Gebäck in seinen Mund. Er genoss den Geschmack.

»Kaylon, wenn Du heute die Festung nicht verlässt, wirst Du unvorstellbare Qualen erleiden.«

Diesmal war die schöne Ausgelassenheit ihrem Blick entschwunden. Er kaute nachdenklich.

»Ich werde mit Dir die Zeremonie weiterführen. Du als Velaar, ich Deine Atrîsh. Unter all diesen Qualen wirst Du nicht bloß sehen, sondern erkennen wer ich bin.«

Kaylon legte seine Hände in ihre und zitierte eine Text aus einem Geschichtsbuch, den er einst von Kundigen gelehrt worden war: »Ich bin es nicht würdig, dass Du eingehst unter mein Dach, aber sprich nur ein Wort, und so wird meine Seele gesund.«

Tajana lächelte. Eigentlich lächelte sie nicht, aber Kaylon war sich sicher, das man die winzig angehobenen Mundwinkel als ein Lächeln deuten konnte. Sie reichte ihm ein weiteres Plajab. Dann zwickte sie ihn plötzlich in die Seite, so dass er sich fast verschluckte und warf sich auf den Menschen. Er musste unwillkürlich lachen und hustete, während sie seine Brust streichelte und dann mit den Fingern über seine Muskeln fuhr.

Sie hatten eine schöne Zeit, während draußen die Sonne aufging. Kaylon bemerkte, dass sie besonders freundlich zu ihm war, und ihn immer wieder versuchte wegzuschicken.

Aber gerade ihre Art ließ ihn bleiben.

Als beide später am Tag den Gang entlang schlenderten, bot sie ihm mehrfach Gelegenheit umzudrehen. Der Gang ging mehr und mehr von bearbeiteter Mauer in felsiges Gestein über.

»Kaylon, ich werde mich nie ändern. Das hier ist Notwendigkeit für den Bund, aber ich… es ist nicht nur eine Pflicht.«

Er glaubte zu verstehen, was sie ihm sagte, aber er würde nicht gehen. Er war befreit.

»Dort hinten gibt es kein Zurück mehr.«

Sie schubsten und umarmten sich auf dem Weg, doch am Ende des Ganges war sie wie verwandelt. Ein harter Schlag mit der flachen Hand in sein Gesicht brachte ihn zum Verstummen und mit einem brutalen Ruck riss sie die Robe von seinem Körper. Dann stieß sie ihn durch den Vorhang am Ende des Ganges.

Zuerst schlug im Feuer entgegen, bis es ihm gelang, mehr zu erkennen. Er stand auf einer Plattform über einem Pool aus Flammen. Schmale Metallbrücken führten vielleicht fünf Meter links und rechts von der Plattform über das Feuer zu einer weiteren Plattform auf der anderen Seite. Dort standen Geräte, die sich Kaylon Midwinter als Herrscher in den Gewölben tief unten in seiner Festung gewünscht hätte. Aber hier drohten sie ihm selbst, und nicht Gefangenen der Midwinter. Er schrak zurück, aber Tajana führte ihn grob hinein. Icaara stand ebenfalls auf der Plattform, sie riss ihn an den Haaren ziehend zu Boden. Als sein überraschter Mund einen Schmerzensschrei ausstieß, erntete der Velaar einen Tritt in den Magen, der ihm die Luft raubte und ihn verstummen ließ.

Sie nahmen seine Handgelenke und legten ihm metallene Fesseln an. Dann schob ihm Icaara eine Kugel aus Leder in den Mund, die sie mit eingearbeiteten Striemen am Hinterkopf festzurrte. Tajana versah ihn mit Fussschellen. Beide Elfen sprachen in ihrer von Kaylon beherrschten Geburtssprache.

»Icaara, Du wirst Dich um ihn kümmern, ich werde nach meinen anderen Velaar sehen.«

»Natürlich, Tajana. Es ist mir eine Ehre. Ich werde besonders zuvorkommend sein.«

Als Kaylon Midwinter vernahm, dass seine Atrîsh zu gehen dachte, wollte er protestieren. Aber nur dumpfe Laute drangen aus seinem Mund. Seine Arme wurden empor gezogen, dann sein Körper. Er hing einen Fuß über der Plattform an einer Metallkette. Sein Körper drehte sich, solange die Kette sich nicht ausgependelt hatte. Icaara streckte ihre linke Hand aus, fasste ihn an der Taille, und er spürte ihre Nägel leicht über seine Haut kratzen. Tajana ging. Als seine Atrîsh durch den Vorhang aus seiner neuen Welt verschwunden war, stieß Icaara ihn an, so dass er mit der Kette an einer Führung in der Decke der Höhle zwischen den Brücken über den Feuersee glitt.

Icaara strich sich ihre Locken aus der Stirn, lächelte und stimmte fröhlich pfeifend ein Lied an. Sie trat zu einer Vielzahl von metallischen Instrumenten an der Wand der ersten Plattform und bediente sie. Kaylon spürte die Hitze unter ihm, die sich langsam in sein Fleisch brannte. Dann immer schneller. Er spannte seinen Körper an um die Distanz zu den hungrigen Flammen zu vergrößern, die Hitze war unerträglich.

Die braunhaarige Elfe schlenderte die Metallstreben der

linken Brücke entlang. Sie mussten aus magischen oder unbekanntem Spezialstahl sein, wenn die Hitze nicht zu ihr drang. Aber Kaylon war abgelenkt. Selbst ihr Pfeifen bemerkte er nicht wirklich. Auf seiner Höhe blieb sie stehen und stützte sich auf das Geländer der engen Brücke. Eine Weile betrachtete sie ihn.

»Weisst Du, Velaar, ich empfinde sehr viel für Tajana. Ich mag Velaar, die sich dazwischen drängen, nicht sonderlich.«

Sie pfiff erneut, lässig auf der Brücke verweilend. Er zappelte bereits im Schein des Feuers. Ihr gefiel das unkontrollierte Spiel seiner Muskeln.

»Beweg die Beine zu mir.«

Er krümmte sich. Die Elfe griff nach den Fussschellen und zog ihn neben sich her, als sie weiter über die Brücke ging.

»Eigentlich mag ich überhaupt keine Velaar«, kicherte sie belustigt. Dann befand er sich über der anderen Plattform und sein Körper entspannte sich kurz. Bis ein Peitschenschlag seinen Rücken traf.

»Hm, nein, das ist nicht die richtige.«

Zwei weitere Peitschenschläge und ihre Kommentare dazu folgten. Erst dann hatte sie wohl eine Peitsche gefunden, die ihr zusagte. Ein Tritt ließ seinen Körper wieder über das Feuer fliegen. Sie begann ihn kräftig in einem langsamen Rhythmus zu peitschen. Icaara war geschickt mit dem Instrument. Sie konnte ihn mit dem Ende im Schlag umwickeln und zog ihn dann gelegentlich aus dem Feuer. Wenn er sich auf der Plattform befand, benutzte sie eine Geißel. Eine Geißel bestand wie eine neunschwänzige Katze aus einem festen Griff und mehreren Riemen. Im Gegensatz zur Katze waren ihre Riemen statt geflochtenem Tau aus Leder, und diese glänzten am Ende mit Widerhaken.

Kaylons Haut spürte die Haken deutlich. Wenn er sich über dem Feuer befand, nahm sie die Schlangenpeitsche, die einen mehrere Meter langen Riemen aufwies und zusammengerollt werden konnte. Sie ließ ihn immer wieder bei seinen Aufenthalten auf der zweiten Plattform dabei zusehen, wie sie mit geschickten Händen verspielt die Peitsche einrollte um danach zu der anderen zu greifen.

Ein perfekt durchgeführter Schlag mit einer Peitsche, führt zur Bildung einer Kurve im Riemen, die sich entlang der Peitsche zur Riemenspitze bewegte und dabei an ihrem Höhepunkt, wenn sich die Schlaufe auf das Ziel entlädt, Überschallgeschwindigkeit erreicht. Kaylon kannte diesen Effekt, er ließ sich berechnen. Die Energie, die man einmal in einen Peitschenschlag gesteckt hat, wirkt bis zur Vollendung des Schlages. Da sich die Kurve auf das Opfer zu bewegt, ist das Stück hinter der Kurve, also der Teil der letztlich auf das Opfer trifft, immer kleiner. Damit wird auch die Masse des kürzer werdenden Endstücks bei der Bewegung der Krümmung in dem Riemen Richtung Opfer immer weniger. Gleiche Energie, die auf immer weniger Masse wirkt, führt zu einer extremen Geschwindigkeit, mit der letztlich die Spitze des Riemens aus der Krümmung zuschlägt. Lediglich Reibungsverluste verhindern, dass die durch die Geschwindigkeit wirkende Kraft das Opfer mit einem Schlag tötete.

Kaylon wusste all das und konzentrierte sich auf die Berechnungen. Doch das half nicht, er litt fürchterlich. Das Icaara ab und an humorvolle Anekdoten erzählte und freudig strahlend pfiff, half ebenfalls nicht.

»Stirb mir jetzt noch nicht, Velaar«, sie gab ihm eine Ohrfeige, als er bewegungslos nach einer ewigen

Behandlung vor ihr hing. Er hörte nicht einmal, wie seine Atrîsh wieder kam.

»Tajana, er ist soweit. Aber Du bist verantwortlich im später klar zu machen, dass ich nicht so böse bin, wie er denkt«, plapperte Icaara gut gelaunt in Shalaan'lanus auf die ältere Elfe ein. Tajana dankte ihr. Mit zusammen gepressten Lippen sah sie den Zustand ihres Velaar und strich vorsichtig mit den Nägeln über sein Fleisch. Er reagierte sofort auf ihre Bewegung. Gerade noch völlig teilnahmslos schien es, als würde er sie in der Berührung sofort erkennen.

»Dein Zustand und diese Klinge werden unserem Bund erlauben, Dich erkennen zu lassen, was ich bin. Fühle, Velaar. Lerne, wer Deine Atrîsh ist.«

Ihre Worte hatten beim letzten Satz einen bedauernden Unterton. Sie drehte ihn an der Kette für den letzten Akt der Zeremonie. Er sah einen unbekannten Mann auf der anderen Seite der Plattform hängen. Der hatte eine ähnliche Statur wie Kaylon, schlank und trainiert. Da eine schwarze Kapuze das Gesicht vollständig verdeckte, konnte Kaylon ein Alter schwer schätzen. Aber darüber machte er sich keine Gedanken. Jeder Gedanke widmete sich der Frage, wie er das weiter aushalten sollte. Sofern ein Gedanke überhaupt noch zustande kam.

Tajana zwang ihn anzusehen, was sie jetzt in Händen hielt. Es war ein Instrument aus einem Perlmuttgriff mit jeweils einer circa fünfundzwanzig Zentimeter langen Klinge an jeder Seite. Sie nahm den Griff in beide Hände und mit einer Drehung hielt plötzlich jede ihre Hände ein Stück des Griffes samt Klinge fest. Mit der einen Schnitt sie sich ins eigene Fleisch des Unterarmes. Ihr Blut säumte die Klinge, als sie diese unterhalb seines rechten Schulterplatte in

Kaylon stieß. Er spürte Schmerz und Befriedigung. Eine Mischung aus seinen Gefühlen und denen seiner Atrîsh. Er spürte ihre Gier und Mordlust, die Genugtuung, die sie empfand. Tajana trat über die Brücke zu dem anderen Opfer und folterte den Mann bestialisch mit dem anderen Stück der Waffe zu Tode.

Kaylon, der Velaar, spürte jeden Schmerz durch die Macht der Klinge wie seinen eigenen, vernahm die Todesangst bis hin zu ihrer endgültigen Bestätigung. Und er wusste durch den Bund von dem Genuss, den ihr dies schenkte.

Als am Ende der in Stücken hängende Körper über das Feuer gezogen und aus der Halterung gelassen wurde um dort unten in den Flammen zu verbrennen, litt Kaylon auch diese Schmerzen. Aber die Magie hielt ihn bei Bewusstsein. Erst danach trat Tajana zu ihm, und zog an dem Perlmuttgriff die Klinge aus seinem Fleisch. Schweiss zierte ihre Stirn, Gier leuchtete in ihren Augen, ihre Zunge fuhr sich über die Lippen. Fremdes Blut besudelte ihre Kleidung, die Lederrüstung einer Atrîsh. Sie wies Icaara an, den Mechanismus zu betätigen und ihn damit an der Kette auf Augenhöhe zu bringen.

»Du kannst in Frieden gehen und in Dein Leben zurückkehren. Oder bitte um meinen Kuss.«

Es dauerte sehr lange, bis er bereit war zu antworten, auch wenn die Magie des Bundes und der Klinge seine Sinne trotz der Qualen so geschärft hatte, dass er sie durchaus vernommen hatte: »Bitte küsst...«

Er konnte den Satz nicht vollenden, erst eine Weile später fügte er hinzu: »mich Atrîsh Tajana.«

»So sei es. Ich akzeptiere Dich als meinen Velaar und Velaai. Und ich erlaube Dir Deine Identität zu tragen.

Kaylon Midwinter, Velaai an meiner Seite, fühle den Bund. Wie Schwert und Schild allein bestehen aber im Kampf eine Einheit sind, werde ich als Schild und Du als Schwert Wächter sein.«

Er achtete nicht auf die genaue Formulierung. Sie küsste ihn auf seine Lippen und eine seltsame Kraft durchfloss Kaylon Midwinter. Der Bund war vollendet, die Zeremonie abgeschlossen. Der Velaar wusste aus allen Sichtweisen, wer seine Atrîsh war, zu was sie fähig war. Und er blieb. Die Energie der Erneuerung war gewaltig, denn ihr Bund war stark. Kaylon Midwinters Wunden heilten und neue Kraft füllte sein Inneres.

WÄCHTER DES ANAAR

Die Novizin Inaa brachte ihm einen Reiserucksack, einen Beutel, ein großes elfisches Langschwert samt verzierter Scheide und Kleidung in seine Kammer.

»Zieh die Sachen und diese Rüstung an. Ich werde Dich in den Saal zum Abendmahl bringen.«

Kaylons Hände glitten über die Rüstung. Es war die eine Rüstung, für die er an den Platz, bei dem seine Garde von den Elfen überfallen worden war, zurückgekehrt war, bevor er mit dem Hauptmann zum Mondtor aufbrach. Es war eine schwarze Kampfplattenrüstung. Nicht die prunkvolle Rüstung des Erben von Midwinter, sondern eine auf Ergonomie, Gewicht und Schutz ausgelegte Plattenrüstung. Magie war tief in das Metall gewoben und machte diese Rüstung besonders leicht und agil. Sie hatte seinem Vater gehört. König Marwayn Midwinter war in dieser Rüstung getötet worden. Ein Elfenschwert hatte ihn geschlagen. Mehrere Kohorten von Elfen hatten versucht durch das Mondtor im Fyanland in Midwinter einzumarschieren. Die Rüstung war es, was die Soldaten seines Vaters nach ihrem Sieg zurückbrachten. Darin der Leichnam Marwayn Midwinters. Der Riss an der Stelle, an der das Schwert eingedrungen und in des Königs Herz gefahren war, war nicht mehr zu sehen. Fasziniert betrachtete Kaylon das schwarze Metall. Es war neu geschmiedet worden. Er hatte es immer bewahrt, doch jetzt wollte Tajana, dass er es trug.

Vor Inaa zog sich Kaylon die Unterkleider und das Polster an, dann die Rüstung. Sie war auf ihn angepasst worden. Das Elfenmädchen brachte ihn in den Saal, in dem er bereits einmal gespeist hatte. Er wurde gegenüber Tajana plaziert, an deren Seite sich Aminar und daneben Icaara befanden.

»Iss, wir werden bald aufbrechen«, bemerkte Tajana ernst und kalt in ihrer Geburtssprache zu ihm, dann wandte sie sich wieder zu Aminar, die gar nicht auf Kaylons Ankunft reagierte. Icaara, die Kaylon gegenüber am weitesten von den drei Elfenfrauen entfernt war, winkte ihm kokett zu. Kaylons Körper war von keiner Verletzung mehr gezeichnet, er war erfrischt. Aber seine Erinnerung war nicht getrübt. Er nickte der Elfe zu.

Er trug wie gewünscht die Rüstung. Die vereinzelten anderen Männer auf seiner Tischseite waren in grau gekleidet. Kaylon bemerkte das, so wie er sah, dass sein Geschirr aus einem großen Blatt leer war.

»Magst Du Dich nicht mit mir unterhalten? Ich könnte auch ein Lied pfeifen«, grinste Icaara frech. Tajana sah warnend zu ihr hinüber: »Lass das, Icaara.«

Kaylon verstand Tajanas Worte auf Shalan'lanus, da sie sehr ähnlich zur Geburtssprache klangen. Die Elfen sprachen fortan mit ihm auf Eshnu'Vilanus, wenn niemand anderes anwesend war, der Elmôn notwendig machte.

»Du reichst ihm nicht mal Essen. Ich betreibe bloß Konversation.«

»Er kann sich selbst bedienen«, meinte Tajana und wandte sich wieder an Aminar. Kaylon verstand die Aufforderung und widmete sich den Speisen.

»Sie planen unser Vorhaben«, plauderte Icaara, »Magst Du Tunnel? Es wird eine lange Reise.«

Kaylon sah plötzlich auf, da ihm ein fürchterlicher Gedanke gekommen war: »Werde ich fortgebracht?«

Tajanas Augen funkelten ihn an, als die Elfe sich bei seiner

Frage sofort zu ihm drehte: »Warum denkst Du das?«

»Ein Velaar wird fortgeschickt?«

Tajana wurde von Aminar mit einer Hand auf ihren Arm vom Antworten abgehalten. Aminar selbst erhob ihre freundliche Stimme: »Kaylon Midwinter, manchmal wird ein Velaar fortgeschickt. Manchmal verteidigt er den Strand. Oft wird er für seine Atrîsh sterben. Du aber bist von Tajana als Velaai erwählt worden, als erster Velaar. Ihr seid ein Wächter. Gemeinsam. Sie wird Dich nicht fortschicken.«

»Was ist ein Wächter?«, Kaylons Augen wechselten bei der Frage zwischen Tajana und Aminar.

»Das wirst Du erlernen, es lässt sich nicht erklären. Aber Deine Erfahrung als Wächter wird schon heute beginnen.

DIE MINEN DER ZWERGE

Kaylon Midwinter war überrascht, einen Zwerg in der Festung Sha'anaar anzutreffen. Sie sahen den Zwerg in der Bibliothek, die auch als Empfangsraum diente und in den Gastbereichen angesiedelt war. Dieser Bereich der Festung war mit Läufern ausgelegt und auch die Wände der Gänge mit verziertem Holz gestaltet.

» Kheleron, Thaljan-enun.«

»Thor'Odak, werte Elfen«, erwiderte der stämmige Zwerg höflich die Begrüßung von Aminar, die er an alle der Damen richtete. Kaylon musterte ihn abschätzend. Der Zwerg war schwer bewaffnet, am offensichtlichsten war wohl die Streitaxt auf seinem Rücken. Das wunderte Kaylon kein bisschen. Tajanas kräftiger Kampfhund, einer von den dreien, die Kaylon bereits gesehen hatte, roch am Zwerg. Sie schienen sich zu kennen. Der Hund würde sie begleiten.

»Wer ist das?«, ein breiter kurzer Finger zeigte auf den Menschen. Tajana gab ihm mit einem Wink zu verstehen, dass er sich selbst vorstellen sollte. Mit schneidender Stimme meinte Kaylon: »Ich bin Kaylon Midwinter. Velaai meiner Atrîsh Tajana Ashtansiel.«

Ihren vollständigen Namen kannte er mittlerweile. Der Zwerg durchlitt mehrere Phasen. Erst stand sein Mund einige Zeit offen. Dann sprachen erzürnte Augen aus seinem Blick. Danach fuhr er sich unkontrolliert mit der Waffenhand um seinen Bart. Kaylon hatte gelernt abzuschätzen, mit welcher Hand Gegner ihre Waffe führten, auch wenn sie diese gerade nicht hielten. Tajana unterbrach den Zwerg.

»Wir sind ein Wächter.«

Dem Zwerg schien das zu reichen, auch wenn es ihn nicht glücklich machte: »Gut, brechen wir auf? Der Schacht ist tief.«

Der Schacht ist tief. Eine typische Bemerkung unter den Zwergen. Aminar führte sie durch die Festung, bis sie zu einem hölzernen Kasten kamen, in den sie alle traten. Novizinnen betätigten einen Flaschenzugmechanismus, der die Gruppe weit in die Tiefe ließ. Tajana stand neben dem Zwerg, Aminar in der Mitte des geräumigen beweglichen Raumes, Icaara neben Kaylon. Sie betraten einen Ausläufer der Minen von Thorwin. Icaara erklärte es Kaylon, während sie das Schlusslicht der Gruppe bildeten: »Die Zwerge des Thorwinclans sind mit uns befreundet. Sie sind Gegner des RarDak. Einige von ihnen sind Druiden.«

Kaylon wusste von Druiden unter den Zwergen, aber diesen waren sehr selten.

»Zwerge, die sich gegen den RarDak aussprechen?«, erwiderte Kaylon irritiert. Icaara nickte: »Je mehr Zwerge den Stammesvätern Yorn, Kralik und Rakwa folgen, desto mehr sprechen sich auch dagegen aus. Es wird nicht lange dauern, bis es erste Sippenkriege geben wird.«

Rakwa war eigentlich eine Stammesmutter, wie Kaylon wusste, aber bei Zwergen sah man das nicht so eng.

»Mit dem Weltennetz wollen sie die Welten unterjochen. Es verletzt das Anaar.«

Kaylon blickte interessiert, aber Icaara hatte nicht vor ihm das zu erklären.

»Weisst Du, was gerade auf Penagramn geschieht?«, fragte sie.

»Der Krieg um Rohstoffe. Klar, jeder weiss davon. Seit dem das Mondgestein dort runtergefallen ist, wird

Penagramn vom Krieg gebeutelt.«

»Es ist vom Himmel auf die Erde geprallt und bis tief in die Minen der Zwerge eingedrungen. Keine normale Mine, sondern ein Teil des Weltennetzes, kontrolliert von Yorns Stamm. Es ist ein riesiger Brocken. Nur Druiden können das Gestein bearbeiten, daher ist es noch niemandem gelungen, auch nicht den Zwergen, es zu transportieren. Es liegt bei Vyanheim in Penagramn.«

Kaylon kannte den Namen dieser Stadt. Sie befand sich eine mehrtägige Schiffsreise von Soho entfernt.

»Mondgestein dient zum Rufen der Portale und der Elmstein wird für die Vorhersage der Mondkonstellationen benötigt. Es ist mächtig. Nicht nur um Wege zwischen den Welten zu finden.«

Die Tunnel hier unten waren eng und unbequem. Sie würden sehr lange wandern, hatte ihnen der Zwerg gesagt. Doch die Elfen schienen hier bereits gewesen zu sein. Es war ein gigantisches Labyrinth. Zwerge legten Gänge nicht linear an, sondern nutzen Abzweigungen als Verteidigungen. Die meisten der Wege führten in tödliche Fallen und lediglich ein kompliziertes Muster führte durch die Minen. Kheleron Ojak kannte die Tunnel auswendig.

»Elmstein ist mit der Energie der Monde verbunden, und man kann ihre Kraft auf magische Weise entfalten. Eine zu hohe Konzentration an einem Ort schädigt das Anaar.«

»Das werden wir also verhindern? Und wie? Sprengen wir den Elmstein mit einem geheimen druidischen Ritual?«

Icaara kicherte, offensichtlich von Kaylons sarkastischer Bemerkung erheitert.

»Nein, wir sorgen dafür, dass endlich eine Fraktion den Krieg gewinnt und den Brocken in Stücke teilt.«

DER SCHACHT IST TIEF

Die Zwerge haben ihre eigenen Wege fern der Mondtore um zwischen den Welten zu reisen. Kaum ein Außenstehender wusste um ihre Beschaffenheit, weit weniger hatten sie bereist. Kaylon Midwinter lernte sie nach einem langen Marsch kennen.

Innerhalb der Mine hatten sie andere Zwerge getroffen, je mehr sie in das Zentrum des Clangebietes vorgedrungen waren. Dank Khelerons Begleitung ließ man sie unbehelligt passieren. Selbst die Wachen hielten sie nicht auf. Verteilt in den Minen gab es Rastplätze, bei denen sie nächtigten, und bei denen Frischwasserquellen vorhanden waren. Selbst eine unterirdische Zwergentaverne hatte Kaylon gesehen. Ihr Bier war stark und wirksam.

Dann kam der Schacht. Und er war tief. Zwerge reisten in solchen Schächten zwischen den Welten. Man fiel und fiel. So lange, dass man nicht mehr daran glaubte, jemals auf Grund zu treffen. Doch die ferne Welt wartete. Und schließlich erreichte man sie. Weltenschächte führten immer zu bestimmten Zielorten, anders als die Mondportale, die von den Mondphasen und Konstellationen abhingen. Dieser Schacht brachte sie nach Penagramn in einen Ausläufer der Minen von Khelerons Stamm. Der Zwerg führte sie wieder an die Oberfläche.

Vorbei an abgehärteten und aufmerksamen Zwergenkriegern verließen sie die Mine durch einen Höhlenausgang. Einmal in Freiheit, gelang es Kaylon nicht mehr den Eingang in dem Wald auszumachen. Druidische Magie, flüsterte Icaara ihm zu. Das Kaylon einmal in

Begleitung von Elfen und einem Zwerg reisen würde, hätte er nie geahnt. Asha, die Hündin Tajanas – mittlerweile hatte Kaylon das Geschlecht des Tieres bemerkt – war ebenso froh wie der Mensch, wieder unter freiem Himmel zu sein. In der Natur des Waldes trat Tajana zum ersten Mal wieder zu Kaylon.

»Wieder auf Penagramn, Kaylon«, bemerkte sie und es schien ihm fast, als würden ihr keine besseren Worte einfallen.

»Ja«, er legte den Kopf schräg, während er sie anblickte, »aber glücklicher als bei meinem letzten Besuch.«

Ihr Wangen glühten ein wenig und schnell wandte sie sich ab und rief Asha.

»Hm, Asha, wollen wir mal testen, wie schnell Kaylon in seiner neuen Rüstung ist«, flüsterte sie betont laut dem mächtigen Tier zu.

»Sicherlich nicht schnell genug«, bemerkte Kaylon und boxte ihr ganz leicht in die Seite. Asha knurrte, aber Tajana beruhigte die Hündin mit Streicheleinheiten hinter dem Ohr.

»Wie weit ist es bis Vyanheim?«

»Einige Tagesmärsche. Die Kämpfe werden noch toben, bis wir dort sind. Seit Monaten ist Penagramn umkämpft, aber mittlerweile sind die meisten Truppen bis dort vorgedrungen. In der Nähe hat uns einer meiner Velaar Pferde postiert. Das wird die Reise erleichtern.«

Irgendwie stieß ihm dies negativ auf. Aber Kaylon sagte nichts.

Esanielle Vi'landor schaute überrascht, als der Trupp in ihr Lager ritt. Sie war bereits lange vor der Ankunft von Spähern auf die Ankömmlinge hingewiesen worden. Aber das Gesicht des Menschen in der Gruppe war für ihre

Verwunderung verantwortlich.

»Lanze Vi'landor, Thaljan-enun.«

Aminar übernahm die Begrüßung. Mit ihrer Blutrobe hob sie sich von den zwei anderen Atrîsh ab.

»Eshnu, Thaljan-enun«, bewusst grüßte Esanielle nur die Elfen. Dann trat sie vor Kaylon und sprach: »Vom Sklaven in eine solche Rüstung?«

»Er gehört zu mir«, bemerkte Tajana nüchtern, die wie alle anderen neben ihren Reittieren stand. Einige Soldaten nahmen ihnen die Zügel ab und führten die Pferde beiseite.

»Diese Rüstung trägt die Gravur Midwinters«, kommentiere Esanielle ihre Beobachtung. Kaylon und Tajana hatten in den Pausen der Reise manchmal die Schwerter gekreuzt, hatten ihre Kräfte gemessen und näherten sich langsam an. Auch hatte sie ihm verdeutlicht, dass er nicht mehr nur Velaai, sondern auch Kaylon Midwinter war. Daher antwortete er der Elfe: »Es ist die alte Rüstung König Marwayn Midwinters. Mein Vater starb darin.«

Die Elfe sah ihn mit unbewegtem Ausdruck an. Sie leitete eine Zenturie, daher entgleiste ihr Gesicht nicht so leicht.

»Ein Midwinter in Begleitung von Elfen und einem Zwerg in meinem Lager? Und dazu noch der Midwinter, der gewisse Probleme in seiner Heimat haben dürfte.«

»Ich sagte bereits, er gehört zu mir«, meinte Tajana.

Aminar reichte der Lanze ein Pergament: »Das sind die Truppenaufstellungen der Zwerge unter der Erde.«

»Gehen wir in mein Zelt.«

Elfenspeere gaben den Weg ins Zelt frei. Ob sie auch wieder herausgelassen wurden, hing von ihrem Gespräch ab.

»Dies ist Kheleron Ojak aus den Minen von Thorwin. Er

kennt einen Teil der Minen hier bei Vyanheim. Wir haben nicht nur diese Karte anzubieten, sondern werden Euch hineinführen.«

»Die Kohorten meiner Familie bereiten sich schon auf einen neuen Kampf vor.«

»Ja, an der Oberfläche. Gegen die Söldnergruppe von Lanassassis. Ein neuer weiterer Kampf. Ohne Gewinn. Es bringt Euch dem Elmstein nicht näher. Es ist ein unsinniger Zwist.«

Esanielle hörte sich an, was Aminar zu sagen hatte.

Im Schein des Lagerfeuers starrte Kaylon Midwinter auf Tajana Ashtansiel. Sie waren jeweils Teile des anderen durch den Bund. Ab und an sah sie zu ihm herüber. Kaylon fragte sich, ob sie ihn sah, wie er wirklich war. Sah sie seine Vergangenheit, die sicherlich ein Bestandteil seines selbst war? Wusste sie, was er dachte und fühlte. Er würde ihr alles vorspielen, damit er bei ihr bleiben durfte. Während er sie betrachtete, quälten ihn zwei Fragen. Akzeptierte sie, wer er wirklich war? Und wer war er jetzt? Er fand seine Identität nicht. Er saß hier im Lager des Elfenpacks unter Personen, die sonst sein Schwert zu fürchten gehabt hätten.

Es gab Dörrfleisch, doch davon ließ Kaylon seine Finger. Früher gab es Situationen in seinem Leben, in dem er zugegriffen hätte, doch heute war die Not nicht groß genug. Die Elfen hatten gegen zu viele Menschen gekämpft, er war sich sicher, woher das Fleisch stammte, das seine Gefährten aßen.

DAS ANAAR

Esanielle stand mit ihrer Zenturie als Teil mehrerer Elfenkohorten auf dem künftigen Feld der Tränen des Stammes von Yorn. Mehrere elfische Familien hatten auf Esanielles Bestreben noch am Nachmittag und Abend ein Bündnis geschlossen. Die Kohorten der Familien marschierten in der Nacht ohne Gleichschritt. Einen regelmäßigen Takt hätten die Zwerge unter der Erde verspürt. Diese so rasch zusammengestellten Zenturien nahmen an den Rändern der großen friedvollen Landschaft Aufstellung.

Kheleron Ojak wartete in der Nähe mit einer Gruppe aus fünf weiteren Zwergen. Während Kheleron ein zwergischer Minenverteidiger und Botschafter war, also ein echter Streitaxtkrieger, handelte es sich bei seinen Begleitern um die seltenen Druiden der kleinwüchsigen Rasse. Nur einer davon stammte aus Ojaks Stamm, die anderen waren aus befreundeten Minen. Sie wirkten sehr ernst und kummervoll. Sie lehnten den RarDak weit genug ab um gegen Yorns Stamm anzutreten, aber sie verdammten sich selbst für den kommenden Sippenmord. Das hier würde den endgültigen Krieg zwischen allen Minenstämmen einleiten. Kaylon fand es interessant zu beobachten, wie die Zwerge dies mühsam in ihren Gesichtern zu unterdrücken suchten. Er kannte es gut, Dinge tun zu müssen, weil sie geschehen mussten.

Unter den Kohorten der Elfen waren zwei der weit gefürchteten Elementkohorten. Sie bestanden aus elfischen Blutmagiern. Während ein Magier allein immer begrenzte Macht in sich trug, sprengte die Gemeinschaft dieser elfischen Magier in den Elementkohorten die Limitierungen. Kaylon hatte Elementkohorten bereits arbeiten sehen. Er hatte sie gesehen, als sie durch das Mondtor im Fyanland in seine Heimat marschierten um sie für die Elfen zu erobern. Der damals sehr junge Mann hatte erlebt, wie ihre Magie seine Soldaten verbrannte, ihr Blut aus ihnen riss. Er hatte das von ihnen beherrschte um ihn tosende Eis gespürt, das so zahlreiche Männer und Frauen der Armee der Midwinter in Stücke gerissen hatte. Darunter auch die Leibgarde seines Vaters, der daraufhin von einer elfischen Zenturie überrannt wurde.

Kaylon erinnerte sich gut, wie er das Schwert aus dem Rücken seines Vaters gezogen hatte, nachdem er gemeinsam mit seiner eigenen Leibgarde in die Flanke der elfischen Zenturie eingefallen war. Er hatte den Befehl gegeben, dass sich seine Soldaten beim Anstürmen das Eshnawenom einflößen sollten. Dieses elfische Gift versetzte Menschen in einen berserkerähnlichen Kampfesrausch, der sie schmerzunempfindlich machte und jegliche auf sie wirkende Geistesmagie verhinderte. Sie schlachteten die Zenturie im Blutrausch ab. Das Gift begann über die Hälfte seine Männer wenige Minuten nach der Einnahme langsam zu töten. Kaylon wusste von der Nebenwirkung, dennoch hatten die Midwinter ihre Armeen mit Eshnawenom ausstatten lassen.

Dann hatte Kaylon seine Magier gezwungen, die im Sterben röchelnden Soldaten für ihre Zauber zu missbrauchen, und den Körpern den Rest Leben zu entreißen. Als dies noch immer nicht reichte, ließ er den Rest seiner Leibgarde weitere Infanteristen hertreiben. Er gab den Gardisten den Befehl, jeden Soldaten zu den Magiern zu bringen, der nicht dringend zur Verteidigung eben dieser Magier gebraucht wurde. Mit einem Stoßtrupp erprobter Krieger drang er dann selbst weiter zum Mondtor vor. Magie seiner Armee bahnte ihnen den Weg, sofern ihre Schwerter nicht reichten. Im Hintergrund wurden dafür seine Soldaten für die Kraft seiner Magier geopfert. Kaylon Midwinter und die ausgesuchten Krieger an seiner Seite stellten die Schutzmagier der Elfen in der Nähe des Mondtores. Als sie ihnen das Leben nahmen, und Kaylon dabei das Schwert aus dem Rücken seines Vaters in ihre mit Roben gekleideten Körper bohrte, entfesselten seine eigenen Magier die in der Zeit angestaute Blutmagie. Die Teile der Elementkohorten, die nicht durch das Mondtor flohen, verbrannten im Feuer.

Heute waren die Elementkohorten keine Feinde, sondern eine notwendige Bereicherung. Ein angespannt wirkender Elf war zu Aminar getreten und hatte mit ihr gesprochen. Der ausnahmsweise sogar alt aussehende Elf trat danach zum Midwinter und meinte: »Ich habe im Fyanland vor fünfzehn Jahren gekämpft, Midwinter. Nie werde ich vergessen, wozu Ihr fähig seid.«

Nach seinen Worten ging der Elf zurück zu seiner Elementkohorte. Der Midwinter blickte ihm nach, während er die Klinge in seiner Hand weiter schärfte. Tajana legte ihm eine Hand auf die Schulter, ein Zeichen, dass es begann. Das Schwert lag gut in seiner Hand. Es war das Schwert, das einst im Rücken seines Vaters gesteckt hatte, und das Kaylon wie auch die Rüstung mit sich geführt hatte.

Aminar trat vor die Gefährten, die Zwerge machten sich bereit.

»Wo wir gerade bei alten Geschichten sind, Kaylon: ich war damals bei Eurer Geburt anwesend. Und ich durfte Euch auch mehrfach in Eurer Kindheit sehen, als druidische Spionin. Ich trat damals als Heilkundige auf. Ihr habt Euch kaum verändert. Ein liebliches Kind«, sie grinste ihn sarkastisch an.

Leise begann der Krieg. Die Elementkohorten leiteten ihn ein. Vor dem heutigen Tag waren es viele Schlachten um die Rohstoffe von Penagramn. Jetzt würde es zu einem Sippenkrieg der Zwerge werden, da sich Ojaks und die anderen beteiligten. Mehr Zwerge waren nicht erschienen, um die Fronten zwischen den Fraktionen dieser Schlacht leicht erkennbar zu machen. Niemand wusste, was nach dem Sippenkrieg folgen würde. Kaylon wusste nicht wirklich worum es hier ging, den RarDak oder das Elmgestein. Aber er konnte wieder tun, wozu er geboren war. Töten.

Die Blutmagier wussten genau, wie sie die aus Sklaven und Ampullen mit Blutressourcen gewonnene Energie zu formen hatten. Sie woben ihre Magie mit der Macht der Gemeinschaft. Sie wussten, wo ihre Magie zu wirken hatte, da die Zwerge ihnen den Verlauf der Schächte gezeigt hatten.

Das zukünftige Feld der Tränen wurde erschüttert und die Landschaft für immer verunstaltet, als sich der Boden brutal zerrissen anhob und die Elemente der Erde fortgeschleudert wurden. Die Mine war von den Elementkohorten mit einem Schlag gegen die Natur selbst freigelegt worden.

Der entsetzte Clan Yorns wusste nicht, was ihm geschah. Brennende Pfeile der elfischen Zenturien prallten auf sie ein, das Feuer mischte sich mit den Flammen, die Mitglieder der Elementkohorten beim letzten Ausnutzen ihrer vorhandenen Energie auf die fassungslosen Feinde fallen ließen. Jeder Elf, der seine Pfeile verschossen hatte, stürmte danach auf die frische riesige Wunde in der Landschaft zu. Tajana, Aminar, Icaara und Kaylon befanden sich unter ihnen. Elfisches Seil wurde geworfen, und alle ließen sich daran hinunter in die Schächte der Minen.

Kaylon und die Elfen der Sha'anaar landeten wie geplant in einem großen ehemals unter der Erde befindlichen Platz. Hier hielten die Zwerge früher Markt ab. Sie und die Zenturie von Esanielle Vi'landor sicherten die Fläche. Kaylon kämpfte Seite an Seite mit den Elfen. Sein Schwert tötete Zwerge rasch und geschickt, während er wahrnahm, wie Aminar ihre Feinde mit Magie zerfetzte. Tajanas Dolche wandten sich gegen ihre Opfer, sie tauchten an und unter den Äxten und Hämmern vorbei und fanden zielgerichtet die tödlichsten Stellen.

Gegen die pure Kraft der zwergischen Verteidiger kamen Magie und elfische Präzision. Noch dazu der Überraschungseffekt. Die Zwerge waren zwar längst auf die Belagerung vorbereitet, aber dass man sie auf diese Weise attackierte, hatte niemand geahnt, nicht einmal ein Großteil ihrer Angreifer bis zu diesem Tag.

Kaylon schwang das Schwert, welches Marwayn Midwinter hinterrücks getötet hatte mit Leichtigkeit. Seine magische schwarze Rüstung fing einige Schläge ab, die ihn ins Taumeln brachten. Ein Kampf war etwas anderes als solch ein Gefecht. Hier waren überlegte Aktionen schwer zu koordinieren, es war ein Hauen und Stechen. Aber Kaylon war auch das gewöhnt. Er wusste, dass man mit einem Langschwert nur in Ausnahmefällen zustach, es stattdessen richtig wie eine Hiebwaffe führte und konnte damit die Kraft der eintreffenden Verteidiger zurückdrängen. Tajana und Icaara kämpften hinter ihm. Wann immer ein Feind durch die Reihen der Elfen brach und an Kaylon vorbei drang, widmeten sie sich dessen Tod.

Aminar kämpfte in erster Reihe. Durch die unvorstellbar machtvollen Wellen ihrer Magie drang kaum ein Zwerg in ihre Nähe. Falls doch, schlitzte sie ihn mit verborgenen Klingen auf und nutze ihn und sein Blut um mehr Magie zu weben.

Bald wurden die Wellen der Verteidiger schwächer. Dies war auch an anderen Stellen der Minenschlacht so, wie ihnen laute Gesänge elfischer Barden verkündeten. Zenturien nutzen im Scharmützel Barden um Informationen auszutauschen, wenn ihre Magier selbst unabkömmlich waren.

Tajana gab den Befehl mit einem lauten Schrei. Es gehört viel Erfahrung dazu, in einer Schlacht Rufe der anderen zu vernehmen. Kaylon hatte diese. Er folgte den Elfenfrauen der Sha'anaar zu dem Objekt der Begierde aller auf Penagramn einfallenden Truppen. Kheleron Ojak folgte ihnen dicht mit den zwergischen Druiden. Esanielle und ihre Zenturie sowie Aminar hielten den umkämpften Markplatz.

Sie würden drei weitere elfische Druiden treffen, die von anderen Schlachtpositionen wie abgesprochen zu ihnen kamen. Mehr hatten Esanielle und die Kohorten der Elfenfamilien so schnell nicht aufbringen können. Druiden waren seltener in Armeen anzutreffen als Magier.

Der Midwinter starrte auf den riesigen Felsen, der so unpassend und lange zuvor in diese Zwergenmine eingefallen war. Er lag in der Mitte des Felds der Tränen, aber weit unter dem, was man vorher als Erdoberfläche bezeichnet hätte. Das Elmgestein hatte keinen Krater gerissen, sondern war tief unter die Oberfläche eingedrungen, wobei es lediglich einen Schacht von den Ausmaßen seines eigenen Durchmessers hinterlassen hatte. Der Brocken maß neun Meter. Die Zwerge, die ihn damals plötzlich nach der gewaltigen Erschütterung in ihrem Tunnel vorfanden, hatten ihn freigelegt. Oben auf Penagramn hatten die unterschiedlichen Fraktionen um das Gestein gekämpft, hier hatten die Zwerge es begutachtet. Sie hatten den Schacht darüber wieder mühsam gefüllt, so dass nur ein Weg durch die Minen zu dem Mondgestein geführt hatte.

Kaylon war ergriffen. Er fühlte die Macht des Steines in sich. Es musste mit dem Bund zu tun haben, denn früher schon hatte er Mondgestein – zwar nicht in der Größe – vor sich gehabt. Die Macht war eine unheilvolle Präsenz. Der Velaai spürte, dass sie hier falsch war, wie ein böses Mal auf der Welt.

Tajana fiel vor ihm zu Boden, dicht an Kaylon war eine Wurfaxt durch die Luft gezischt. Ein paar Zwergenkrieger mussten durch den Markplatz gebrochen sein. In seiner schwarzen Plattenrüstung sprang ihnen Kaylon entgegen und schlug eine weitere Wurfaxt aus der Luft. Icaara und Kheleron sprangen rasch neben ihn, und sie töteten die ersten der Zwerge. Bis Kheleron sie bei den zwei letzten anbrüllte, ihrer Aufgabe nachzukommen. Der Zwerg richtete seine Axt jetzt allein auf seine Brüder, während Icaara Kaylon fortzog.

Die zwergischen Druiden hatte gemeinsam mit den drei gerade eingetroffenen Elfen begonnen, das Mondgestein zu umstellen und Symbole auf den Boden zu zeichnen. Teils Blut, teils Kreide und sicher auch Exkremente, dachte Kaylon. Was immer diese Druiden alles aus der Natur nutzten. Aber seine Besorgnis galt Tajana, die noch immer am Boden lag. Die Wurfaxt steckte in ihrem Rücken.

Icaara riss ihn erneut an der Schulter: »Das Mondgestein, dafür sind wir hier. Geh hin und entreiss ihm seine Magie.«

Kaylon starrte Icaara an, die ihn zum Elmstein schleifte.

»Tajana«, schrie der Midwinter, aber Icaara zeigte unbarmherzig auf den Himmelsfels.

»Was soll ich tun?«

»Berühre ihn«, schrie Icaara ihn an und versetzte ihm einen Schlag, so dass er an den Stein prallte. Sie entriss ihm auch sein Schwert. Kaylon legte seine Hände auf die Oberfläche des Felsen, der hier unten Zeit hatte, nach seinem tiefen Fall auszuglühen. Er spürte nichts. Doch Kaylon gab nicht auf, er zog die Handschuhe seiner magischen Rüstung aus und warf sie beiläufig hinter sich auf den Boden. Ihr magisches Netz störte nicht mehr, als er jetzt erneut das Mondgestein berührte.

Kaylon wurde eins mit dem Stein, der seinerseits dem Anaar gehörte. Doch die Balance des Anaar war gestört, die hier gebündelte Kraft war zu viel Gewicht an einem Ort des Anaar. Aber der Midwinter war Teil eines Wächters. Dieser Wächter wurde nicht nur Teil des Steins, sondern erkundete die dem Himmelsfels innewohnende Kraft und lenkte sie um. Die Kraft im Mondgestein ist die Energie des Anaar. Purer Schmerz. Nichts war jemals so ungestüm und teuflisch in Kaylon gefahren, wie der Wille des Anaar. Mit ungezügelter Vehemenz prügelte die unsichtbare Stärke auf den Menschen ein. Nichts konnte einen abhärten, dies zu überstehen, aber an diesen Abgrund heranführen. Durch den brennenden Eifer des Anaar blickte Kaylon Midwinter in den Orkus des Schattenreiches. Dann fühlte er, wie er die Kontrolle über die Pein erlang, und sich fokussieren konnte.

Die Energie, die den Himmelsfels unzerstörbar festigte und bändigte, floss über Kaylon Midwinter ab. Er war ein Teil des Wächters des Anaar. Er widerstand dem Schmerz, der zahllose zu töten vermochte, ihnen die Agonie brachte. Die ganze Macht der Schöpfung oblag dem Gestein. Aber er war ein Teil des Wächters.

Als Kaylon Midwinter wieder in die Realität von Penagramn zurückkehrte, war der Elmstein von Rissen durchzogen und brach in tausende Stücke. Diese wurden von einem Feld, das die Druiden errichtet hatten, davon abgehalten in einer Explosion alles um sich zu vernichten. Auch banden die Druiden das Gestein mit ihren Kräften, so dass es ebenfalls in keiner Implosion verging. Kaylon war das egal. Er sackte zurück in Icaaras Arme, die ihn festhielt um ihn nach kurzer Zeit zu Tajana zu legen. Kaylon spürte seinen Körper kaum, aber er fühlte sich voller Macht. Die Euphorie klang langsam ab. Er zwang sich, sich zu drehen und sah auf die reglose Elfe am Boden des Tunnels neben ihm. Sie atmete noch, die Wurfaxt war entfernt. Icaara kniete neben dem Paar der Sha'anaar.

»Lebt sie?«, keuchte Kaylon.

Icaara nickte: »Ja. Sonst hättest Du kaum den Stein bändigen können.«

»Was?«, hustete er und strich Tajanas Haar beiseite, so dass er ihr Gesicht sehen konnte. Große Angst tobte ihn dem Menschen, er wusste wie tödlich eine Wurfaxt sein konnte.

»Die Atrîsh spiegelt die Schmerzen des Velaar in sich. Er gibt sie selbst im Tod an sie weiter. Das ist ihr Bund.«

Er starrte von Tajana auf Icaara.

»Sie hat meine Schmerzen…«

»Seit Eurem Bund, als Du von ihrem Blut getrunken hast,

trägt Deine Atrîsh Deinen Schmerz.«

»Aber«, stotterte Kaylon.«

»Wir sind es gewohnt ihn zu ertragen, Kaylon Midwinter. Nur selbst können wir ihn nicht mehr aufnehmen.«

»Ich verstehe nicht…«

Sie schüttelte den Kopf: »Komm, wir müssen raus hier. Ich habe Tajana bereits Erneuerung geschenkt, aber es braucht Aminar, ihr jetzt nach dem Schmerz von Anaar zu helfen.«

Die Barden der Elfen kündigten bereits die letzte Phase der Schlacht an. Esanielle Vi'landor stand plötzlich neben Kaylon und half ihm auf. Sie hatte einen kräftigen Schwertarm.

»Wir bringen jetzt das Mondgestein fort. Ihr solltet Euch zurückziehen«, meinte die elfische Lanze dabei zu Icaara. Aminar stützte Kaylon, der sich unglaublich stark fühlte, aber keine Kontrolle über seine Muskeln besaß.

»Nein«, meinte Aminar, gleichzeitig schüttelte Icaara den Kopf. Instinktiv wusste Kaylon, was beide dachten. Ein neuer Instinkt.

»Ihr geht besser rasch, Esanielle. Und führt Eure Zenturie fort.«

Aminar zog Kaylon in den Kreis aus Symbolen. Icaara folgte ihnen mit einem Sprung, sie hatte Tajana dabei über die Schulter gelegt. Esanielle Vi'landor setzte hinterher, prallte aber an dem Schutzkreis ab.

»Geht«, rief ihr Kheleron Ojak zu, bevor auch er in den Kreis trat. Die Druiden waren alle in ihr Ritual vertieft.

Die elfische Kriegerin brüllte Aminar wütend an, spuckte Blut von ihren Lippen auf den Boden und wandte sich dann. Sie schrie noch im Lauf Befehle an ihre Soldaten, von denen sie einige zum Himmelsgestein begleitet hatten. Doch der

Fels von fern der Welt war nicht für die Elfen bestimmt, noch für sonst jemanden. Nicht in dieser Konzentration, auch nicht als Unsummen kleiner Stücke. Diese Teile mussten sich schnellstmöglich weit voneinander getrennt befinden, sie lagen in diesem Zustand hoher Energie ohnehin bereits zu lange an diesem Ort. Kaylon wusste jetzt, dass es besser war, soviel Mondgestein nicht an einem Ort zu bewahren. Er hatte das Anaar noch nicht erfasst, aber er hatte es gespürt. Und der Velaai war mit seiner Atrîsh ein Wächter.

Aminar hielt den Menschen noch immer, als sie ihm ins Ohr flüsterte: »Du hast das gut gemacht, Kaylon. Ruh jetzt, ich passe auf Dich auf.«

»Tajana«, murmelte er.

»Ich passe auch auf sie auf.«

Kaylon Midwinter schloss die Augen, und Aminar kniete sich mit ihm direkt neben die Myriaden von winzigen schwebenden Elmsteinen und hielt den Menschen in ihren Armen. Samtener Stoff ihrer Robe umgarnte ihn.

Er sah nicht mehr, wie die elfischen Soldaten geordnet flohen. Er sah auch nicht die Verteidiger der Zwergenminen, die angestürmt kamen um verwirrt vor den glühenden und in der Luft hängenden Steinen stehen zu bleiben. Sie blickten auf die erstarrten Druiden, die sich um den Kreis herum befanden. Genauso wenig sah er, wie Kheleron schließlich zu einem Schlag ausholte, und Aminar geschickt ein magisches Netz wob. Kheleron köpfte einen der Elfendruiden, denn dies war die einzige Möglichkeit, das von Druiden aufrecht erhaltene Schild zu unterbrechen. Es würde jetzt erlöschen. Und das Werk aus Elmstein endlich implodieren. Das Feld der Tränen hatte bereits durch die

Elementkohorten gelitten. Jetzt kam die Implosion des Mondgesteins, das nicht mehr vom Schild gebannt war. Durch die zu niedrige Energie des Anaar im Gestein, die Kaylon Midwinter umgeleitet hatte, wurden die Bestandteile des Himmelsfelsen in seinen Kern gerissen. Dort prallten sie aufeinander und in diesem Urknall entstand die Explosion, die dem Feld der Tränen den Rest gab. Alles Leben dieser Landschaft wurde ausgelöscht. Die Zwerge vergingen. Die Mine war vernichtet. Das Weltennetz hatte einen starken Schlag abbekommen. Und in der Explosion lösten sich die einzelnen Elmsteine wieder und wurden fort geschleudert.

EPILOG

Als Kaylon erwachte, fühlte er das weiche Fell von Tajanas Hündin. Asha hatte sich eng zu ihm in das Zelt gelegt, und im Erwachen schmiegte sich Kaylon an das Tier. Kurz glaubte er, es handle sich um das Fell in Tajanas Gemach bei der Festung von Sha'anaar. Da bellte die Hündin ein einziges Mal ganz leise und dumpf, als sie seine Bewegung spürte. Der Mensch schreckte zusammen. Aber das Zeichen war nicht für Kaylon bestimmt. Tajana sah durch den Eingang des Zeltes hinein, als sich Kaylon gerade aufrichtete.

»Komm, es gibt Frühstück«, sprach sie schroff. Glücklich sah er seine Atrîsh, die gesund wirkte. Trotz ihres barschen Tonfalls schaute sie auf seinen Zustand. Ihren sorgenvollen Blick konnte sie dabei gut verbergen. Die Elfe verschwand wieder.

Kaylon stellte fest, dass er nackt unter Decken neben der Hündin geschlafen hatte. Dies war Tajanas Zelt. Ob sie auch hier genächtigt hatte? Der Midwinter sah Asha in die Augen und murmelte zu ihr: »Hm, kannst Du mir sagen, ob meine Atrîsh neben mir gelegen hat?«

Aufmerksame Tieraugen erwiderten seinen Blick. Kaylon streckte eine Hand aus um Asha zu kraulen, aber sofort knurrte diese. Er ließ es besser und grinste bloß: »Gut. Somit ist alles beim Alten.«

Er griff sich ein paar seiner Sachen und schlüpfte in die Stoffe und das Leder, während Asha aus dem Zelt lief. Dann folgte er dem Tier und sah den Zwerg Kheleron Holz auf ein Lagerfeuer nachlegen.

Kaum an der frischen Luft, bekam er einen Boxschlag in die Seite: »Na, Midwinter, doch schon wach? Steht dem Erben der Sinn nach Frühstück?«

Icaara grinste ihn zwinkernd an. Aminar setzte sich gerade zu dem Zwerg an das Lagerfeuer, nachdem sie einen Kessel hinein gestellt hatte. Sie winkte Kaylon an ihre Seite. Der Mensch nahm bei ihr platz.

»Ich habe Thjelba aufgesetzt, das Getränk wird Dir gut tun.«

»Wo sind wir hier?«

»Eine Tagesreise nördlich von Vyanheim.«

Kaylon stocherte ein wenig mit einem herumliegenden Stock im Feuer, während er mit Aminar plauderte.

»Zuletzt lag ich in Euren Armen.«

»Du bist eingeschlafen, bevor die Vernichtung begann«, erklärte Aminar mit freundlicher Stimme.

»Wo ist Tajana hin?«, stellte er seine wichtigste Frage.

»Sie prüft nur die Umgebung und findet heraus, wo genau wir sind.«

»Wir wissen nicht, wo wir sind?«, sagte Kaylon verwirrt zu Aminar.

»Asha hat uns hergeführt. Sie trug das Gegenstück zu einem Juwel, den ich in der Schlacht getragen habe. Sie ist in der Nacht bis hier gelaufen. Ich webte uns durch die Juwelen hierher um der Vernichtung zu entgehen.«

»Hm«, meinte Kaylon, der sich überlegte besser bald eine Liste mit seinen Fragen anzulegen um nicht den Überblick zu verlieren.

»Zuerst die Vernichtung, was ist damit gemeint«, fragte er schließlich.

»Wir haben das Schild aufgehoben, nachdem die

Elfenkohorten ausreichend Zeit für die Flucht hatten. Vereinfacht gesagt hat das Mondgestein danach alles in seiner Umgebung vernichtet, und seine Bestandteile wurden fortgeschleudert. In der letzten Nacht gab es einen Mondregen über Penagramn, die Bruchstücke sind überall auf dieser Welt verstreut.«

»Dann ist es unwahrscheinlich, dass sie demnächst wieder an den gleichen Ort gelangen«, kombinierte Kaylon. Aminar warf ihm einen nachdenklichen Blick zu. Er kommentierte diesen: »Bin ich aufgeweckter, als Ihr dachtet?«

Sie antwortete ihm darauf nicht und nahm mit einem Metallstab den Kessel vom Feuer.

»Ich weiss auch, dass Ihr eine Magierin seid. In der Schlacht möchte ich Euch nicht gegenüberstehen.«

»Das will niemand, nachdem er es erlebt hat«, sinnierte die dunkelhaarige Aminar, »Aber ich bin keine reine Magierin sondern auch Druidin.«

»Davon hörte ich noch nie«, zuckte Kaylon mit den Schultern. Er kannte Magier, Hexer, Druiden, Thaumaturgen, Schamanen und Barden sowie weitere zauberbegabte Wesen. Aber Kombination kannte er nicht.

»Das gibt es auch nicht oft. Es bedeutet um so mehr, mir in einer Schlacht nicht gegenüberzustehen«, sie lächelte wieder, doch Kaylon fröstelte es bei ihren Worten.

»Esanielle Vi'landor wird nicht ganz erfreut sein«, bemerkte Kaylon.

»Auch sie wird es vorziehen, mir nicht zu sehr zeigen zu wollen, wie unzufrieden sie ist. Ausserdem ist es eine weitere schlechte Nachrede, die man über Euch verbreiten wird, Erbe von Midwinter.«

Aminar schaute ihn mit einer seltsamen Mischung aus

Ernst und Belustigung an.

»Man hätte uns wohl kaum geholfen, wenn wir ihnen erklärt hätten, dass keine Fraktion dort den großen Brocken bekommt«, erklärte sie weiter.

»Ich habe die Macht von Anaar gespürt«, hauchte er über das Feuer. Teils zu sich selbst, teilweise zu der Elfe.

»Der Schmerz ist grenzenlos«, erwiderte die druidische Magierin leise.

»Was ist geschehen?«, bat er Aminar um eine Erklärung. Die Elfe schmunzelte bezaubernd.

»Um den Stein aufzuteilen, musste sein inneres Band gelöst werden. Die Macht des Anaar schlummert in den Monden und hält sie zusammen. Wenn ein Teil bricht, wie dieser gewaltige Himmelskoloss, enthält auch der die Kraft. Sie bindet ihn. Es erfordert einen Wächter, die Macht aus ihm zu ziehen.«

»Nur ein Paar aus Schild und Schwert kann dies?«

»Jeder kann es versuchen, aber Du hast den Schmerz gespürt. Er würde alle außer den Wächtern vernichten. Eine Atrîsh kann den Stein berühren, aber sie würde nichts empfinden. Das Schild empfängt keinen Schmerz. Nur den der Waffe. Deine Atrîsh hat den Schmerz von Dir aufgenommen und gemeinsam habt ihr das innere Band des Mondgestein damit gelöst. Uns Atrîsh obliegt es, die Kraft zu beherrschen.«

Kaylon unterbrach Aminar: »Hat meine Atrîsh alle meine Schmerzen seit dem Bund widergespiegelt.«

»Ja«, antwortete Aminar knapp um dann mit ihrer Erklärung fortzufahren: »Einzig wir vermögen gegen die Macht des Anaar zu obsiegen. Wir mit unseren Velaar. Das ist der Ring der Sha'anaar.«

Der Zwerg zog geräuschvoll die Nase hoch und warf Kaylon einen Fleischbrocken zu. Ein weiteres Stück ging an Asha, als diese mit Tajana später zurückkehrte. Nachdem sie ihr Lager abgebrochen hatten, nahm sich Kaylon einen Moment Zeit, vor der Abreise zu Tajana zu treten.

»Tajana, in den Minen…«

»Du hast Dich gut geschlagen, Kaylon Midwinter.«

Sie sagte das kühl und schnallte ihre Beutel fest an ihren Sattel. Er wagte es ihre Hand zu greifen. Asha knurrte und machte sich zum Sprung bereit. Ein Augenaufschlag von Tajana reichte um ihre Hündin zur Räson zu bringen.

»Was möchtest Du, Kaylon?«

Er starrte die Elfe an, die ihn so viel hatte erleiden lassen. Und die es dabei selbst erlitten hatte, mit so viel mehr Beherrschung als er.

»Bei Dir sein, Tajana«, sagte er ohne Zwang offener und ehrlicher als je bisher in seinem Leben.

»Du wirst mehr Nähe bekommen als Dir lieb ist, Velaai. Wir werden hart trainieren. Du wirst weit mehr Schmerzen gewöhnt sein müssen um als Wächter in Zukunft zu bestehen, und das Anaar zu erleben. Und ich werde Dich heranführen, Kaylon.«

Er sah in ihren kalten Augen, dass sie sich auf das besondere Tutorium freute. Ihm würde es keine Freude bereiten. Aber es machte ihn stolz, dass Tajana das mit ihm teilen würde, sofern es ihr Befriedigung schenkte. Er hätte alles getan um ihre Bedürfnisse zu stillen. Nicht um sich unterzuordnen. Um sie glücklich zu machen. Außerdem war da noch etwas anderes in ihrem Blick, dass sie zu verbergen suchte.

Gewandt bestieg Tajana ihr Reittier. Dort oben thronend

legte sie ihren Kopf schief und fügte ihren letzten Worten hinzu: »Und auf der Reise wirst Du mein Zelt mit mir teilen.«

Er grinste: »Gut so, ich hätte mir sonst Bäuerinnen mit ihren Heulagern gesucht.«

»Grins nicht so, Kaylon. Auf Dein Pferd, wir wollen aufbrechen«, tadelte sie ihn. Aber ihre Wangen waren gerötet. Aminar ritt an ihre Gefährtin heran: »Wir reisen weiter nach Norden. Es ist ein Umweg, aber wir sollten uns von den Zenturien fernhalten.«

»Ich habe schon viele Zenturien vernichtet, eine mehr oder weniger«, kommentierte Kaylon den Vorschlag belustigt und spannte seine sehnigen Muskeln unter der Plattenrüstung an.

Icaara rief feixend herüber: »Der Umweg ist aber auch mit mehr Nächten im Zelt verbunden.«

Schnell drehte sich Kaylon von allen weg und trat nahe an sein Pferd, damit er sein Grinsen verbergen konnte.

»Meins hat ein Loch, bei Regen komme ich zu Euch, Tajana«, fuhr die braunhaarig gelockte Elfe kichernd fort. Kaylon bestieg sein Reittier und ließ seine Augen über die drei Elfen und den Zwerg streifen. Er hätte Herrscher von Midwinter werden können, doch wer wusste schon, was die Zukunft bringen würde. Er war jetzt Teil des Rings von Sha'anaar und fühlte sich frei. Außerdem trug er noch immer Reste der Kraft des Anaar in sich und fühlte sich großartig.

Er war Kaylon Midwinter: Erbe der Herrscherfamilie von Midwinter, Elfenschlächter, Totschläger von Elmron, Lohe des Zorns. Barden hatten ihn in wenig freudigen Liedern besungen. Jetzt begann seine Zeit.

<HTTP://WWW.OLIVER-SZYMANSKI.DE>

WEITERE ROMANE:

AUS DER REIHE: DER DEUTSCHE
NYC 9.11. Der Plan danach

AUS DER REIHE: UNDERWORLD'S CHILDREN
Nacirons Vampire: Sakrileg
Nacirons Vampire: Blutlinie
Nacirons Vampire: Himmelfahrt

AUS DER REIHE: WHODUNIT
Liebesakt

AUS DER REIHE: EUROPEAN DIVISION
Tote Träumer

AUS DER REIHE: AKADEMIA ARKANIA
Der Sohn des Wolfgängers